16歳の戦場

網走、横須賀、台湾。海軍特年少兵の記録

氏家光男

共同文化社

16歳の戦場

網走、横須賀、台湾。海軍特年少兵の記録

16歳の戦場【目次】

第一章　幼少時代

第二章　夢は海軍

第七章　故郷へ

終　章　戦後

今はなき、母へ捧げる

第一章　幼少時代

母の胸に抱かれて

母は、眠るように息を引き取った。

私は尋常小学校の二年生になったばかり。私自身、母の臨終はほとんど記憶になく、母の病気のことも知らされていなかった。後から父や姉、兄から聞かされて知ったのである。

私が四、五歳の頃から既に食道ガンに侵されていたのだが、貧しさのため一度も入院すらしないまま、幾度も襲ってくる苦痛と闘いながら、それを決して表に出すことはなかったそうだ。想像を絶する苦しみを内に秘め、最期は末っ子の私を想い、家族のことを案じながら眠るようにこの世を去ったという。

誰よりも慕い、大事に想っていた母が死んだというのに、葬儀のとき、悲しさや寂しさは感じなかった。

「死」をはっきりと理解してはいなかったのだと思う。葬儀のために、すでに嫁いでいた三人の姉が家に帰ったことが嬉しくてはしゃぎ、家の隣にあった神社の広場で、何人かの子どもたちと戦争ごっこをして遊んだ。さんざん遊び疲れて家に帰ると、床に臥せっているはずの母の姿がどこにもない。母を探したが、どこにもいない。

「オガッチャンはどうしたの？　どこへ行ったの⁉　オガッチャンに会わせろ‼」

と、ついには怒りだした私に、姉が間髪入れず白い大きな葬式まんじゅうを差し出した。私はめったに食べられない甘い物に喜び、母がいないことも忘れ、笑顔でまんじゅうをほおばったのだそうだ。

そのとき、父や姉たちが母の遺体を私の目にふれさせないようにしていた。死装束をまとわせて棺に納めるのさえ、私が家にいない隙を見計らって行われたそうだ。

かつて、次女の喜子姉が嫁ぐ日に私は
「姉さん、どこにも行っちゃだめだ！　俺の姉だから人にはやらない！」

と泣いて着物にしがみつき、姉との別れを嫌がってぐずった。そのとき私をなだめるのにひどく苦労した父が、母を棺に納めるのを私が拒むと懸念したのだと後に聞いた。だから棺に納められた母を見た記憶も、別れを告げた記憶もない。母の遺体をほとんど見ていないから、悲しかったとか寂しかったとかいう記憶もまるでない。大勢の人が家に集まり、家の中が賑やかだったこと、何人もの人が頭を撫でてくれたり、頬ずりをしてくれたことを覚えている。周りが一生懸命幼い私を気遣ってくれたのだ。

死んだ母の姿を見たのは一度だけ。火葬が終わり、遺骨を拾うときだった。

母の遺体は、網走湖付近の広いお墓の敷地に運ばれ、たくさんの薪を山のように積んだところで火葬された。翌日遺骨を拾いに行ったが、遺体はまだ完全に骨になっていなかった。燃え残った真っ黒な肉が真っ白な骨にこびりついて、思わず目をそむけたくなるような姿になっていた。それが母だとは、その時点では認識していなかったのだが、その光景は今でも鮮烈に覚えている。

母の葬儀が簡単に終わると、大勢いた人が一人減り、二人減りして、二日ほどもすると周囲がなんとなく寂しくなった。あれこれと世話を焼いてくれ、頼りにしていた姉たちも嫁ぎ先に戻ってしまった。唯一の頼りである二歳上の兄は健康を害していて、私の面倒を見る余裕はない。学校から帰っても、迎えてくれる人は誰もいない。このときになって、初めて私は母を失った寂しさ、悲しさを感じた。急に母の姿が瞼《まぶた》に浮かび上がり、母に会いたくてじっとしていられなくなった。

「オガッチャン、どこに行った⁉　早く帰って来い！　オガッチャン！」

と泣きながらしきりに母の名を呼んで、しんと静まり返った家の中で母の姿を探し求めた。

母を恋しがって泣く日々を続けていたが、ある日突然、いくら泣き叫んでも母はもうこの家に戻って来ないのだということが理解できた。完全な骨になっていなかった、無残で可哀想な遺体が母のものであったのだとわかったのだ。母はあんな姿になってしまったのだから、もう絶対に歩けない。だから、この家にも戻れないのだと悟った。そして、家に残った兄とともに、いつまでもいつまでも泣いた。

母の死が理解できてからは、心の中で母を慕うようになっていった。

母の想い出はごくわずかだけれど、母はいつも限りない愛情を私に注いでくれた。人生のあらゆる局面で、記憶の中の母が私を励ましてくれた。窮地に立たされるたびに、母の姿や想いを何度も想い起こして乗り越えてきた。苦しみの中最期までしっかりと胸に抱いていてくれた母の温もりを、私は決して忘れはしない。母は私の中に生きている。

真っ白な母のおっぱい

昭和二年三月、私は網走郡喜多山という山奥の田舎で、男三人女六人の九人兄弟の末っ子として生まれた。

記憶の中の母は、朝起きるといつも着物に白いエプロン姿で台所仕事をしていた。育ち盛りでおなかをすかせていた私がおやつをくれとせがむと、いつもゆで卵をくれた。夜には母と一緒の布団で休むのが常だった。母の丹前の中にもぐり込み、大きなおっぱいを両手で抱え、おっぱいを吸いながら、眠りについていた。母は末っ子の私を兄弟の中で一番可愛がってくれたし、私も母に甘えていつもそばにまとわりついていた。

私は末っ子で甘やかされたせいか、手のつけようのない腕白な子どもに成長した。そして、幼児の頃からとにかく酒が大好きだった。母の営む雑貨屋には、よく近所の飲兵衛父さんたちが来て、モッキリを飲んでいた。私は話に華が咲いた隙を見て、よくその酒をこっそりと飲んでいた。小学校に入ってからは、父の酒を盗んでは弁当に振りかけて持って行った。盗み酒も、最初の頃は大目に見てもらっていたが、回を重ねるうちに遂に父の堪忍袋の緒が切れ、こっぴどく怒られたこともあった。

神社祭や運動会には、大人と一緒になって酒を飲み、挙句の果てにはベロンベロンに酔って家に帰った。そんなときでも母に叱られた記憶はない。ただ、酔っ払って呼吸まで荒い私の姿を見て、「こんな姿にした父親が悪い」と、よく夫婦喧嘩をしていたことを覚えている。

こんな腕白な子どもであったが、母の前でだけは素直で甘ったれの泣き虫だった。

小学校に入る一年ほど前の昭和七年、家から一キロほど離れた野山にあるスキー場で夢中になって遊んで、ふと気がつくと夕暮れになっていた。陽も落ち、急激に手足が冷たくなってきたので、急いで家に向かった。

遊ぶのに夢中になって遅くなったときは、いつも母の姿を思い浮かべてメソメソ泣きながら家に帰ったものだ。母は家の前で私を待っていて、小言も言わずに家へ招き入れてくれた。

この日もいつものようにメソメソしながら家に向かっていたのだが、家の前に立って私を待っている母の姿が目に映った途端、なぜか急に不安な気持ちになった。何度も何度も大声で母を呼びながら、スキーをはいたまま駆け出した。母は何ひとつ言葉をかけずに私を優しく抱き締めた。黙って私の靴からスキーを外し、温かい家の奥の座敷に連れて行った。

母はエプロンを外し、座るやいなや着物の襟を大きく開いた。毎夜吸いついている大きな真っ白いおっぱいが垣間見える。母は、冷えきった冷たい両手をその胸に押しつけ、強く強く抱き締めてくれた。母の温かさに安心しながら抱かれてどれほどの時間が過ぎただろう。ふと首筋に温かい水滴を感じた。もの言わぬまま、母は泣いていた。

その涙の意味を当時の私は知る由もなかった。しかし、このとき母はすでにガンに侵され、想像を絶する苦しみに耐えていたのだ。もしかすると、己の死期を悟り、残していく我が子を想っての涙であったかもしれない。

このときの母の真っ白なおっぱいと胸の温かさ、そして涙は、数少ない母の記憶の中で忘れられない出来事として鮮明に記憶に焼きついている。

母の笑顔と涙

昭和八年、私は尋常小学校に入学した。母はまだ元気で、私の手を引いて入学式に出席してくれた。

顔色がすぐれず、体は痩せて、少し動いただけですぐに疲れていた。病状はますます悪化しており、私を小学校に連れて行くだけで精一杯であったと思う。父や母は何も言わなかったけれど、子どもながらに私は母の病気を察していた。母は具合が悪いのを家族に悟られないように気を遣っていたが、母の病状が気になって私は勉強などまったく手につかなかった。入学したての一年生のテストは、零点に近い点数ばかりだった。

ところがあるとき、私が描いた絵に、先生がすばらしく大きな花丸をたくさんくれたことがあった。嬉しさのあまり、大急ぎで走って帰って、畑で働いている母に見せると、母は満面の笑顔で喜んでくれた。そして頬には光るものが走った。そのときはどうして泣いているのかわからなかったが、そのうち私が良い成績を取ると涙が出るほど母は嬉しいのだと気づいた。それからは、毎日のように勉強し、毎日のように百点に近い答案を持って母のところに飛んで行った。その都度母は農作業の手を止めて、笑顔で私を抱き締め、頭をいつまでも優しく撫でてくれた。

一年生の学芸会で、私は全校生徒を代表して開会の挨拶をすることになった。母はたいそう喜んで、仕事を休んで見に来てくれた。壇上に上がった私は必死で母を探した。母の姿を見つけた私は、嬉しくて何度も手を振った。母も笑顔で手を振り返してくれた。

「お父さま、お母さま、お兄さま、お姉さま、よく来てくださいました。これから、私たちの小さな唱歌会を始めます。どうぞごゆっくりご覧ください」

元気よく挨拶する私の姿を、母は微笑みながら見届けてくれた。目を細め、本当に嬉しそうに微笑む母の顔を見ていると、なぜか切ない気持ちになった。

このとき、母はすでに自分の死期を悟っていたのではないかと思う。私に見せる笑顔や抱擁は、今思い出しても、時を惜しむように本当に慈しんでくれていた。時が経ち、どれほど記憶があいまいになろうと、こうした母の姿や表情を忘れることはない。末っ子の私をことのほか可愛がり、いつも優しく包んでくれた母の死後、我が家の生活は大きく変化していった。

大人への反抗

母の死の哀しみはあまりに大きく、勉強も手につかなくなって、毎日喧嘩ばかりしていた。いさめてくれる母もいないから、同じ子どもばかりでなく、大人に対しても気に入らないことがあればあからさまに態度で示し、反抗するようになった。母が亡くなった年の夏、私の大人への不信感が増すような事件が起こった。

その日、学校の先生や信用組合の職員、その他十人くらいが集まって、網走湖に錨を下ろしている発動機船を少し沖に出して海水浴をやろうということになった。一番上の兄も行くというので、私もその仲間に入れてもらった。子どもは私だけであったので、なるべく大人の迷惑にならないようにと子どもながらに気を遣っていた。

お昼になって、私は兄の持参した麦飯を半分もらって食べた。おなかがペコペコにすいていたので実においしかった。大人たちは真っ白なお米の御飯をうまそうにパクパクと食べていた。御飯をたいらげると、おいしそうなお餅やお菓子を出して食べ始めた。誰一人として私に「食べないか」と声を掛けてくれない。子ども心に、なんと情けない大人ばかりが揃ったものかと思っていた。

腹ごしらえが済むと、そのうちの一人が、

「ああ退屈だ」

と大きなあくびをしながら近寄ってきた。突然私の体をロープで縛り上げると、嫌がる私を船から湖面まで吊り下ろし、顔を湖に沈め始めたのだ。沈めては引き上げ、また沈める。何度も何度も繰り返しては、もがく私を見て楽しんだ。

沈められるたびに鼻と口から水が流れ込んだ。水で鼻がつまり、嫌というほど水を飲んだ。苦しさのあまり兄に助けを求めた。船の上からは笑い声が起こった。

兄に助けてもらえるはずもないと半ばあきらめていたが、間もなく甲板に引き上げられた。ロープは解かれたものの、悔しくてどうにもならない。何とかして仕返しをしてやりたいと思うが、船上だけに何もない。目をこすりながらシクシクと泣いていたが、突然「これだ！」という物が目に入った。大人たちのメガネ、時計、靴など水の中に沈むものを捨ててやろうと思いつき、ひとつひとつぶちまけた。あらかたのものを捨て終わっても、反省するどころか「ざまあ見ろ」とすっきりした気持ちであった。

それから一時間ほどして、大人たちは帰り支度を始めた。予想通り、

「メガネがない」

「時計がない」

などと、騒ぎが起こった。大人たちが皆貴重品を探している中、兄の貴重品だけが残っている。当然こいつの仕業に違いないと、私は厳しく追及された。あくまでも、知らぬ存ぜぬを貫き通したものの、それ以来、あそこのガキは大変に悪い奴、と信用組合の職員から目をつけられるようになってしまった。


天気がよいある日の昼下がり、友達四〜五人と学校の近くにある大きなポプラの木に登って遊んでいると、昼食を終えた信用組合の職員二〜三人がそれぞれ物干し竿のような長い棒を携えてやってきた。そしてポプラの木の下から、私の尻をその棒で突き始めた。この前は大人たちに悪いことをしたと、そのときは多少反省もしていたので、最初のうちは我慢して黙ってやられていたが、そのうちに段々エスカレートして、突き方が強くなってきた。遂に苦痛と忍耐

が限界に達し、私は職員たちに向かって

「馬鹿野郎！　畜生ども！」

などと、さんざん罵倒してやった。するとますます突き方が激しくなってきた。これはだめだと思い、ポプラの太い枝一本を大きな音をたてて折った。そして、

「ああ落ちる…組合長さん助けてくれ！」

と周りに聞こえるような大きな声で叫ぶと、組合員の連中は早々に引き揚げて行った。

痛いのと悔しいのとで、泣きながら家に帰った。尻を見てみると、尻全体が真っ黒に腫れ上がり、出血までしていた。怒りで体中の血が逆流した。仇をとらないとどうにも気が済まない。私は復讐を決意した。

信用組合に行き、建物の中を覗いてみると、先程自分をいじめた奴らが真面目そうな顔をして仕事をしている。こいつらにどんな方法で復讐してやろうか。

いろいろと思案して、石を投げ込んで、窓ガラスを全部割ってしまおうと思った。大きな石で割れば怪我人が出ると思ったので、小さい子どものゲンコツくらいの石を二十個くらい集めて、片っ端から窓ガラスの下側を狙って投げ込んだ。

組合の中は大騒ぎになった。わあわあ言いながら職員たちが出てくることを想像していたが、職員たちは大騒ぎするだけで、誰一人として外に飛び出してこなかった。

あともう少しで全部割れるというところで出てきたのは組合長だった。怒鳴られるかと身構えていると、組合長は両手を上に上げて敵意の無いことを示しながら、

「こんな悪いことをしてはいけませんよ。なぜこんなことをしたのか、理由を私に話してくれないか」

と優しく語りかけてきた。組合長の優しさに、私は警戒心を解き、網走湖で

の仕打ちと今日のいじめについて洗いざらい話した。最後には組合長の目の前に尻を突き出し、

「この怪我を見てください。組合の大人にも自分の尻と同じような負傷を与えるまで、絶対にこの仕返しをする！」

と訴えた。組合長はしばらく黙って聞いていたが、やがて

「そうか、君の言う通りだ。どうか勘弁してくれ」

と言って、財布の中から二十円（現在のお金にすると二万円以上）を出した。そして支那の将校が持つ角笛を一個くれた。

この頃から負けん気が強く、自分が正しいと思ったらてこでも動かない性分だった。間違ったことは、たとえ誰であろうと「間違っている」と主張した。母親と死に別れてから、いよいよ頑《かたく》なになっていったと思う。母という支えを失った私は、自分の〝正しさ〟を支えにしていたのかもしれない。

しかし、子どもの目に写る大人はずるく、正しくはなかった。もし、このと

き、組合長に出会わなければ、私は間違った道を進んだまま戻って来られなかったかもしれない。

卒業

母が亡くなると雑貨商の商売が巧くいかなくなり、父はさまざまな仕事をしながら、私たち兄弟を育てた。

昭和十一年、私が尋常小学校の五年生になったときだ。父は後添えをもらった。継母には私より二歳上の長女を頭に、四人の連れ子がいた。男二人女二人であった。三人暮らしだったのが、いっぺんに七人家族となったのだ。

それまでまったく異なった生活をしてきた子どもたちがいきなり今日から兄

弟だから仲良くしろと言われても、どうしてもうまくいかない部分もあったし、これからはこの人を母と呼べと言われても、自分にとって母はたった一人だという気持ちも強かった。そんな気持ちがいっそう大人を信じられない私を助長していったようにも思う。

食糧難の時代に家族が増え、家計は一層苦しくなった。

尋常小学校を優等生で通したものの、素行が悪かった私は一度も級長には指名されなかった。私に期待をかけていた母のことを思うと申し訳ない気持ちになった。義務教育である尋常小学校を終えると、高等小学校からは授業料が必要だったけれど、そんな余裕はない。そのため、先生の家の水汲みをさせてもらってお金を稼ぎ、授業料に当てた。

尋常小学校での悔しさ、申し訳なさから、高等小学校の二年間は素行に気を遣ったため、卒業式には卒業生代表で答辞を読むことになった。

担任の先生から

「答辞を書いてこい」

と言われ、

「はい」

と返事をしたものの、どうしても言われた通り書くのが嫌だった。書かずにいると、卒業式の前日になって、また
「見てやるから持ってこい」

と先生に言われた。わかっていてやらないことだったが、わざと
「忘れました」

と答えると、先生は
「お前みたいな奴には、総代はやらせない！」

と怒鳴るように言った。

このときとばかり先生に向かって、

「自分は総代をくださいなんて一度も言った覚えはありません。それに、答辞

なんて書いたものを読むより、何も見ないでやる方が勉強になりませんか」

と抗弁した。

先生は悔しそうな顔をして

「よくわかった」

と言った。

卒業式当日、私は答辞を頭の中にすっかり入れて、答辞を書いた紙は持たずにいた。すると、答辞を読む段になって先生は

「真鍋幸平君」

と他の生徒を指名し答辞を読ませた。先生は、自分の手を煩わせ、そらで答辞を読み上げようとした私を勝手に降ろしたのだった。

卒業式が近づいてきたある日、父から

「お前の七人の兄弟は皆、奉公に行っているのだから、お前も近日中に奉公に

行きなさい」

と言われた。それ以前には

「軍人の学校なら金がかからんから、そこに行け」

と言われていた。

当時、誰もが軍人に憧れていた。特に私は、海軍の白い制服に強く憧れていた。筋骨隆々の体に、白い制服をびしっと着込み、短剣を提げて歩く将校の格好良さは並ぶものがなかった。

私は、小学校、高等小学校を通して勉強ができた。母が生きていた頃は

「北海道大学にでも行かせてやる」

とよく言ってくれたものだった。家が貧しく中学校や大学に行けなくとも、軍隊であれば頭角を現せる自信があった。白い制服を着た海軍将校の姿こそ、本来の自分の姿だと思うようになった。

父からは

「軍人の学校をめざして少し勉強でもやったらどうか」

と、むしろそんな言葉を期待していたのに、「他人の家に奉公に行け」とは。

それでも親か！と思った。

咄嗟に父に向かって、

「その言葉だけは、俺は絶対、承服できない！」

と怒鳴り返すと、父はそれ以上何も言わず黙りこんでしまった。

今、親の立場になって考えると、戦争中の窮乏生活であったので、無理のない話だったと思える。しかしこの頃の自分はまだ十四歳。網走の港街を、白い制服を着て闊歩する姿しか思い浮かばない年頃でもあった。

勉強はできたけれど、高等小学校を卒業したところで、百姓の手伝いか、奉公に行かされるかのどちらかしかないと思うと、辛く悔しい卒業式だった。

海軍特年少兵試験

高等小学校を卒業し、畑の手伝いをしながら悶々とした日々を過ごしていたある日突然、小学校時代の担任の先生から

「今度、大日本帝国海軍の中堅幹部養成を目的とした試験があるから、どうだお前受けてみないか」

と言われた。先生は、官報に掲載されていたものを見て私に声をかけてくれたのだ。

海軍特年少兵は昭和十六年に創設された。太平洋戦争の激戦で多くの将校が戦死したため、年少の頃から幹部を育てようとしたものだ。一期生から昭和二十年の四期生まで約一万六千四百五十人が採用されたという。

一度はあきらめかけていた海軍将校の道が突然開かれたのだ。

千載一遇の好機とはこのことだと思った。

「はい」

と二つ返事で承諾したものの、先生の口から

「受験には中学校卒業程度以上の能力が必要」

と聞かされた。これはまずいと思った。自分は中学校も卒業していないし、勉強もろくにしていなかった。毎日野良仕事しかしていないのだ。

しかし、いったん決めたからには、絶対にやり抜きたかった。少しでも勉強しなければならなかったが、残念なことに家には電気がきていない。そのため、灯りには石油ランプを使用していたのだが、そのランプも脱穀用の石油を使用するため、節約して夕食時に三十分ほど点灯したらすぐ消灯して就寝しなければならない。しかし、こうなったら試験のことが気になって、どうしても眠れない。

どうやって勉強したものかと思案をめぐらせているうち、物置の隅の方に一

升瓶に二本ほどの石油が隠してあるのを発見した。まだ明るいうちに、小さな「手ランプ」に五勺ほどの石油を盗んでおいた。夜皆が寝静まったあと、堂々とランプを灯しながら偉そうな顔をして勉強していたが、五勺では少し足りなくなってきた。もう一度盗んだらちょうど一合になるので、もうこの辺で盗むのは絶対に止めなければ見つかってしまう、もう止めようと心に誓って勉強していた。

しかしある日、父が石油を盗んだことを発見して、頭から私に怒鳴り散らした。

「オドッチャンは、そんなにこの俺を憎いのか。そんな憎い子をなぜこの世に生かしておく。殺したかったら、いつでも殺せ！」

と反発した。口論になったが、そのまま父は家を出て行き、その日家には帰らなかった。脱穀機用の灯油は、貧しい農家であった我が家にとって、まさに血の一滴だった。しかし、そんなことも思い浮かばないほど試験で頭がいっぱいだったのだ。

翌朝早々と家に帰って来て、継母に説明している話によれば、どうもむしゃくしゃしたので嫁に行った長女の家で酒を飲み、夕方になって家に向かって歩いていたが、急に眠くなってきたので笹やぶの中で寝てしまった。目を覚ますと、何かどえらい大きな物が目の前に立っている。よく眺めると、それは大きな熊。こいつにはとても勝てん、そう観念して自分の年を数えると当時の平均寿命より何年か長い五十五歳。開き直ってその場で再び眠り込んだ。目を覚ましたときには熊の姿はなかった…という。

私もすっかり驚いて、その日は父に二度と腹を立たせるようなことはすまいと、謝罪したことを今も覚えている。

前年の十二月に始まった太平洋戦争は、日本軍がマニラやシンガポール、ラングーンを占領し、大本営の連戦連勝の報に国民の大半が湧いていた。しかし、食糧品の配給どころか、金属回収令によって寺院の金や仏具などの強制供出も始まり、「欲しがりません勝つまでは」が流行語になるほど、国民は窮乏し始めてもいた。

それまで、東南アジアや南太平洋の島々に上陸し、英米軍を降伏に追い込んできた日本軍だったが、六月五日、ミッドウェー海戦で空母四隻を撃沈されたことを契機に、戦局は大きく転換していった。

そうした戦局の中七月となり、待ちわびた受験日となった。朝、少し早目に家を出て、試験会場の網走の男子校に着くと、自分の予想をはるかに超えた数の受験生で学校がいっぱいになっている。驚いて少しおじけづきもしたが、問題には真剣に取り組もう、そんな覚悟を決め、落ち着いて試験に臨んだ。試験問題はおおよそ、学校の教科書で教わったものばかりで、難しいとは思わなかった。すべて終わって振り返ってみると、大体全科目とも満点と思われたのでホッと一息つくことができた。

が、ホッとしたのもつかの間、思い出したことがあった。海軍というところは、いくら試験の成績が良くても、すばらしい体格でなければ駄目だという。自分のように身長一六五センチ、体重五五キロ、こんな小さな体躯ではどうにもならない…。そんな不安が脳裏をよぎったが、最後は「人事を尽くして天命を待つ」、そんな気持ちで家の手伝いをしていた。

受験の日から約一週間が経過し、試験に合格したという通知が届き、同時に、翌昭和十八年の九月一日に横須賀の第二海兵団に入団せよとの通知も届いた。

「奉公に行け」と言った頑固な父も、それまでの経過はさておき、

「お前は普通の人が軍人になるときには、もう将校くらいになっている」

と喜んだ。後で聞くと、近所の人にも

「息子が特年少兵試験に合格した。海軍の中堅幹部になるんだ。士官になるんだ」と自慢して歩いたのだそうだ。それまで父が私の自慢話をして歩いたなど

と聞いたことがなかったから、本当に嬉しかったのだろうと思う。

このときの試験は、同級の者も何人か受験したが、合格したのは私ただ一人だったので、何となく寂しい思いもした。しかしこのときは軍隊生活がどういったものか、戦争とは何なのかまだわからず、単純に試験に合格して、「軍人になれる。士官になれる道が開けた」と心から喜んだ。

第二章　夢は海軍

出征

昭和十八年四月十八日、日本海軍のシンボル的存在であった連合艦隊司令長官山本五十六が、前線視察のために訪れていたソロモン諸島ブーゲンビル島上空で、アメリカ軍に撃墜されて戦死した。

海軍特年少兵試験に合格し、期待と喜びに満ちあふれていた私だったが、この事故を聞いて不安がよぎった。激戦の中で、名将と讃えられた山本五十六閣下ですら死ぬのだから、一兵卒の私など簡単に死んでしまうのではないだろうか。しかし、憧れの海軍への道が開けたのだ。余計なことを考えず、軍人として堂々と戦場に出よう。死んだら靖国神社の神になるだけだと決意を新たにした。

当時は知らなかったが、その年の五月末に日本軍がアッツ島沖で初めて玉砕したのをきっかけにして、政府はそれまで大学生に許されていた召集猶予を停止し、次々と若者を大学在籍のまま軍隊に送り込んだ。日本軍は深刻な兵隊不足に追い込まれていた。同年の十二月に最初の学徒出陣の壮行式が行われ、二万五千人が入隊した。こうして軍隊の若年化が進んでいった。

昭和十八年八月二十九日、大日本帝国海軍の一員になれるという喜びの中、ついに網走を旅立つ日を迎えた。

家を出る一時間ほど前に父親の前に正座し、厳粛な気持ちで頭を下げて挨拶した。

「オドッチャン、今まで育ててくれて本当にありがとうございました。俺が中堅幹部候補生になれたのは、オドッチャンのおかげです。俺は日本の海軍軍人になります。そして太平洋戦争に行って来ます」

しばらく沈黙が流れた。父親はただ黙って、微動だにしなかった。

そーっと頭を上げて父の顔を窺い見ると、父の目は潤んでいた。

「光男、言っておくが、挨拶は『行って来ます』ではない。『行く』だ。軍人たるもの、帰ることは考えてはいけない。そして、伊達家に仕えた士族として立派に務めてこい」

と時折声を詰まらせながらも、毅然として私をたしなめた。家を旅立たせて海軍に行ってしまえば、もう二度と逢えないかもしれない。だから目を潤ませたのだ。父の心境を察した私の胸に、急に悲しみがこみ上げてきた。声が詰まり、

「…はい…」

と小さな声で答えるのが精一杯だった。

にじんだ涙をこらえて母の仏前に座った。挨拶をしようと母の遺影を見たとたん、遠い記憶の中に残る優しかった母の思い出がわき上がってきた。二度目の別れだと思うと、堰を切ったように涙が流れ出した。私は仏壇の母を見つめ

て流れ落ちる涙をそのままに、思い切り泣いた。畳の上に涙がポタポタと落ちた。

「…光男、しっかりしなさい。これから軍人になって戦場に行かなければならないのに、そんなメソメソしてはいけませんよ。お前なら大丈夫、母さんはいつも見守っているから立派な軍人になりなさい」

そんな母の温かい声が聞こえた気がした。母の胸で泣きじゃくる私をいつも励ましてくれた声だ。いつの間にか涙が止まっていた。涙をぬぐって立ち上がった私の心はしっかりと落ち着いていた。

母のためにも、涙を見せずに胸を張って出征しようと決意を固めて、もう二度と帰らないかもしれない我が家を後にした。

この日は、現役兵、志願兵合わせて三十人ほどが出征した。国民服に身を包み、全員で網走の神社を参拝して武運長久を祈願し、網走駅に向かった。網走駅には二百人を超える人々が出征兵の見送りに集まっていた。出征兵たちは列車が出発するまでのわずかな間、同僚や仲間、両親、兄弟と別れを惜しんでいた。

家で家族との別れをすませて来た私は一人、口を一文字に結んで見送りの風景を眺めていた。若い出征兵が両親、とりわけ母と涙ながらに別れを惜しんでいる姿を眺めているうちに、無性に腹が立ってきた。私には見送ってくれる母はいないのに、それを尻目に泣いて別れを惜しむとは情けない！　それでも日本男児か！といまいましい気持ちで睨みつけていた。

人に言えぬ苦労を重ねて今日の日を迎えた私には、他人とは違うという強い自負があった。ここにきてメソメソ別れを惜しむような情けない奴らに絶対に負けない自信もあった。若年で体もまだ小さいが、海軍では華々しい活躍をしてやるぞという気概に満ちていた。

やがて出発の時刻が来た。

「万歳！　万歳！」

と口々に叫ぶ声と、日の丸を振る見送りに、慣れない手つきで挙手の敬礼で応えて軍用列車に乗り込んだ。数え切れないほどたくさんの日の丸が翻ってい た。軍用列車が動き出すと、家族や友人知人の声は列車の轟音にかき消された。故郷はあっという間に遠ざかり、見えなくなっていった。

それは十六歳の旅立ちだった。

海軍の街・横須賀へ

私たち出征兵士を乗せた軍用列車は、網走から旭川へ向かった。網走の駅を発ったのが二十九日の午後七時頃。各駅で兵士を乗せながら走るので列車は遅く、車内はどんどん込み合ってきた。翌朝の九時頃になってやっと旭川に着いた。旭川では大勢の兵士が乗り込み、車内はすし詰め状態。列車には当然冷房などなく、車内はまるっきりサウナ。人いきれでムッと粘りつくような空気が立ちこめた。首から出た汗がだらだらと下腹の方にまで流れ落ちて行くのがはっきりとわかった。せめて窓を開けて新鮮な空気を入れたかったが、軍規上列車内のすべての窓には暗幕が張られていて、窓を開けるどころか、外の景色すら見ることができなかった。

昼時になると、旭川から乗り込んだ連中は家族に持たせてもらったのだろう、おいしそうな巻寿司や稲荷寿司をパクパク食べ始めた。それを見た途端、網走を出て飲まず食わずの腹がグウッと鳴った。私は家族が作ってくれた弁当を持っていた。しかし弁当といっても寿司などではなく、古新聞に包まれた赤飯の握り飯だ。豪華な弁当を前にそんなものを出すのが恥ずかしくて、私は空腹を我慢した。

札幌を経て函館に着くまで丸一日かかった。函館で連絡船に乗り換えて青森へ渡り、青森からはまた軍用列車で一路横須賀へ向かった。青森からも続々と兵士が乗り込んだから、列車はさらにすし詰め状態となって、車内はますます息苦しくなった。閉め切った列車は空気が悪く、具合が悪くなる者も続出した。

仙台を過ぎた頃、あまりの空腹に恥ずかしいなどと言っていられなくなり、握り飯を一個取り出した。古新聞の包みを開いて現れた赤飯の握り飯は、この上ないご馳走に感じられた。たまらずかぶりつこうとした瞬間、変な匂いが鼻を突いた。オヤッと思って握り飯を真ん中から割ってみると、納豆のような糸がすうっと幾筋も伸びた。あわててすべての握り飯を調べたが、蒸し風呂のような車内で一日以上経ち、すっかり腐ってしまっていた。空腹より恥ずかしさを我慢して食っておけばよかったと死ぬほど後悔したが後の祭りだ。断腸の思いで列車の窓から腐った握り飯を外に捨てた。

唯一の食糧を失い、水すら口にできないまま横須賀まで約六十時間列車に揺られた。網走から一緒に来た者たちも、喉の渇きと疲れにぐったりとした様子だった。

駅で母親と別れを惜しんでいた若者は、今にも泣きそうな顔をして
「こんなはずじゃなかった。帰りたい…母さん」

などと泣き言をつぶやいていた。このくらいの苦しさでもう弱音を吐くとは情けない。私は決して泣き言は口に出すまいと心に誓った。

今までの生活の中で、食べるものがない苦しさには慣れていた。このときばかりは貧乏のどん底だった境遇に心から感謝した。


網走を出て三日目の早朝七時頃、やっと横須賀駅に到着した。横須賀は神奈川県南東部、三浦半島の中央部に位置し、軍港都市として栄えてきた街だ。明治十七年に横浜にあった海軍の東海鎮守府が横須賀に移ってからは軍事上の重要性が増し、次々と海軍の施設が建設された。

横須賀駅は全国から集まった何百人、何千人という新入海軍兵でごった返し

ていた。一般人の姿はほとんどなく、街には軍人の姿ばかりが目立ち、軍港の町・横須賀に来たのだと実感した。

私が受験した第二期海軍特年少兵試験合格者は三千人近くいた。全国各地から集まった十四歳から十七歳までの少年は、出身地によって横須賀、呉、佐世保、舞鶴の海兵団に分けられ、艦船勤務に必要な基本を主体に、軍人としての基礎教育を三カ月間受けるということだった。私が入隊をした横須賀第二海兵団は、北海道から静岡までの初年兵たちが集められていた。

駅に降り立つと、横須賀の大きな軍港が目に入った。巨大な空母や黒光りする戦艦、巡洋艦などがずらりと並ぶ岸壁は、圧倒的な光景であった。そして真っ黒に日焼けして目玉だけがギラギラと輝いている百戦錬磨の海軍軍人が、こちらの方を睨みつけているのが見えた。網走の片田舎から出てきた私には、軍港・横須賀と軍人たちの姿は圧倒的でまぶしく感じられ、強い憧憬の念を抱いた。彼らの勇ましい姿に、私も早くあんな勇壮な軍人になりたいと思った。心の底から熱い思いがぐぐっと湧き上がり、体が熱くなってくるのがわかった。

駅からほど近い横須賀海兵団に着くと、すぐに身体検査が行われた。身体測定、血液検査、尿検査、胸の検査など十項目ほどだが、全国から集まってきた何百人何千人が一斉に検査を受けるのだ。すべて終えるのに午前中いっぱいかかった。検査官にせかされ、少しでももたつくと、

「何をしている！　馬鹿野郎、早くしろ！」

と怒鳴られた。長旅を終えてやっとたどり着いた海兵団で、少しはゆっくり休んで飯ももらえるだろうと思っていたのが甘かった。目が回るようなスピードで検査を受けさせられて、空腹と疲れが極限に達してヘトヘトになった。そして検査が終わると、休む間もなく約八キロ離れた武山の第二海兵団に移動しろと命じられた。

腹が減っていようと同僚に遅れをとってたまるか、と武山第二海兵団に向かって歩き出したのだが、道のりは辛くてたまらなかった。網走から何ひとつ

腹の中に入れずにきた自分が馬鹿だと猛反省させられた。六十時間も飲まず食わずのうえに散々汗をかき、空腹に加えて喉の渇きももはや限界を超えていた。脱水症状を起こしていたのだろう、体全体が異様にだるいような感じになって急に睡魔が襲ってきた。どうしても水を飲みたくて、引率の班長に懇願したが

「もう少し待て！」

と睨みつけられてしまった。

それからどれくらい時間が経っただろう。待てと言われたものの、一向に水を飲んでいいとは言われない。どんどん眠たくなってきて、目の前がかすみ、足もとがふらついた。正直、これ以上は命が危ないと思った。

おぼつかない足取りで列から遅れそうになっていた私の目に、道路から少し脇道に入ったところに大きな桶があり、水がいっぱいに溢れているのが映った。気づけば先程班長に止められたのも忘れ、ただ水を飲みたい一心で一目散に桶に向かって駆け出していた。桶に顔を突っ込んで、ガブガブと冷たい水を飲ん

だ。何十時間ぶりに口にする水はこの上なく美味で、まさに甘露だった。この世の中にこんなにおいしい飲みものがあるのかと思いながら、夢中になって腹一杯飲んだ。ホッと一息ついて周囲を見回すと、何十人もの同僚が自分と同じように、ゴクンゴクンと喉を鳴らして水を飲んでいた。

私が水桶に向かって走った途端、連鎖的に何十人もの同僚が後を追い、班長もその突発的な行動を阻止できなかったのだ。

「水を飲んだら早く戻って来いよ…」

とたしなめるように叫んだだけだったという。冷たい水をたらふく飲んで少しは元気になったが、心の中では「軍隊とはどういうところだろう。入る前からこんなに苦しいのだから、軍隊はもっと厳しいに違いない」などと悲観的にもなっていた。

目的地の武山第二海兵団に到着したのは夕刻。海沿いに広がる敷地に木造兵舎が建ち並び、運動場や体育館が配置されていた。武山第二海兵団は軍事教練のみを専門に教える施設で、運動場では百人を越える隊員が銃剣術訓練の真っ最中。海では小さな船が二艘浮かび、隊員たちが長い列をつくって泳いでいるのが見えた。

明日から私もあの訓練を受けるのだ。ここからいよいよ私の軍人としての生活が始まるのだと思うと、体は疲れていたが、胸がふくらむ思いだった。

初めての夜

武山第二海兵団の兵舎に到着した私たちは、その日のうちに二百人からなる分隊に分けられ、さらに十五〜十六人の教班に配属された。

教班では兵籍番号を言い渡され、すぐさま身辺整理をさせられた。軍服、軍帽から靴下にいたるまでの官給品が一揃い支給され、それを入れておく衣嚢《いのう》という大きな袋を渡された。海軍では転勤するときは、この衣嚢に荷物をまとめ、それを担いで異動すると聞かされた。軍服の着方や衣類の名称などについて細かな説明があり、全部の衣類や持ち物に兵籍番号と氏名を書き込むように言われた。中には白糸で名前を縫い付けたり、靴などナイフで彫り込むものがあった。私物も名前のないものは没収すると言われ、いやでも初日のうちに自分の兵籍番号を覚え込んでしまった。

「終わった者から順次風呂に入って来い」と命令が出たので、同僚三人と一緒に浴場に向かった。

「今日は入団日だから、少しはおいしい物を食べさせて貰えるかな」

などと話しながら歩いていると、何となく気持ちが晴れ晴れとした。元気良く風呂の大きな玄関戸を開けて中に入ろうとすると、古参兵が三~四人出てくるのと鉢合わせになった。入れ替わりに玄関に足を踏み入れたところ間髪を入れず、

「こらっ、貴様ら！　上官が出るのを待たずに入るとは何事だ、無礼者めが！」

と怒鳴られた。そして次の瞬間、古参兵の一人が下駄を履いた足で私の右足の付け根を思いきり蹴飛ばした。私は弾みで吹っ飛び、玄関の隅に横転した。

短気で反抗的な私だ。カッと頭に血が上り、相手は上官だということも忘れて睨みつけた。古参兵は

「なんだその面《つら》は⁉　生意気な奴め。貴様の腐った根性を徹底的に叩き直してやるぞ、覚悟しておけ！」

とさらに怒鳴られた。その威圧的な声に、初めてここが軍隊だということを思い出した。怒鳴り返したい気持ちを抑えて立ち上がった。古参兵は値踏みするような目でじろじろと私を見た。

「お前の胸の所に『志』という字が書いてあるが、その字の意味は何だ！」

「はい、志願兵という意味であります！」

大声で答えると、古参兵たちは
「馬鹿野郎、こんなところに志願して来る馬鹿がいるか！」

と大きな声でゲラゲラと笑った。そして
「志願してく〜る〜馬鹿もい〜る〜」

などと歌いながら去っていった。

狭き門をくぐり抜け、希望に燃えて志願した中堅幹部候補生の私に馬鹿とは何だ！　少しばかり先輩だからといって偉そうな顔をするな！　お前なんかすぐ追い越して出世してやるから今に見ていろ、などと悔しさと腹立たしさでいっぱいになった。


気を取り直して浴場に入ると、そこには班長がいて私たちは

「風呂に入れ！」
のかけ声で一斉に風呂に入れられた。石鹸を頭に載せて、その上から手拭いで頬かぶりして浴槽に浸かるのだが、十秒も浸かると
「あがれ！」
のかけ声。そして石鹸を使い、三十秒も体をこするとまたすぐに
「風呂に入れ！」
と命令される。慌ただしいことこの上ない。かけ声に遅れないように体をこすり、湯に浸かる。これが二度程繰り返され、最後に
「風呂から出ろ！」
で入浴は終わった。こんなせわしない入浴に、同僚たちは
「何なんだ。こんなのではとても風呂に入ったと言えないじゃないか」
と驚いていたが、私は実家でこのようなせかされた生活を余儀なくされていたので、風呂に入れるだけむしろありがたいと思った。

風呂に入って長旅の汗をすっかり流し、いくぶんさっぱりした気分で兵舎に戻ると、すぐ食事となった。班長に連れられて広い食堂に入ると、長い頑丈なテーブルがいくつも置かれ、その上には飯とおかず一品と沢庵がズラリと並んでいた。食事を見た途端、急に空腹感が押し寄せ、腹がすいていたことを思い出した。実に七十二時間ぶりの食事だ。

分隊ごとにテーブルについて、班長の号令と同時に飯にかぶりついた。風呂で蹴られ怒鳴られ笑われたダメージも忘れ、夢中になって飯をかき込んだ。水を飲んだときにも思ったが、腹がペコペコに減って食べる飯は、こんなにもうまいんだと感激した。おかずに出たさつまいものあんかけは、北海道ではめったに口に入らないものだったので、実にうまいと思った。あっという間に半分ほどたいらげて少し胃袋が落ち着いた頃、同僚たちはどんな顔をして飯を食べているのかと周囲を見回すと、半分以上が

「こんな不味い飯は食えねえや」

としかめっ面をして食事を持て余していた。一人分では到底満足できないほど腹が減っていた私は
「どら、俺が食ってやる！」
と言って同僚の茶碗を次々に奪うように取り上げて、三人分の飯をたいらげた。同僚たちは半分あきれたような顔で、嬉しそうに飯を食う私を見ていた。
しかし、こんな不味い飯と馬鹿にした同僚たちも、翌日から訓練が始まるとあまりの厳しさに不味いなどと言っていられなくなり、遂には食事を何よりの楽しみにするようになってしまったのだった。

食事が終わる頃だ。入り口近くからざわめきが聞こえてきた。なにやら嫌な予感がすると思って見ていると、班長の古参兵が五～六人ほど姿を見せた。海軍精神注入棒と書いてある直径五センチ、長さ一メートル五十センチほどの、船のオールのような少し平べったい棒と、直径七十センチくらいのオスタップ

（掃除用の水入れ）を持っている。さっきまでガヤガヤとにぎわっていた食堂は水を打ったように静かになった。顔一面に黒いひげをたくわえ、偉そうな顔をした班長が歩み出た。

「貴様たちの中に、気合の全然入っていない奴が何人かいる！　そんな奴らに只今から海軍魂をぶち込んでやる。全員、通路に出ろ！」

怒鳴るように大きな声で叫んだ。

風呂場の玄関で古参兵に貴様の腐った根性を直してやる、と言われたことが頭の中に浮かび、「あっ俺のことだ」と思った。海軍精神注入棒で叩かれるのは間違いなく自分だ。心臓の鼓動が早くなった。

こんなことで動揺してどうする。出世して将軍になる俺だ。精神注入棒で思う存分海軍魂をぶち込んでもらおうじゃないか。そう自分に言い聞かせて開き直った。

通路に一列に並び直立不動の姿勢をとると、気の弱そうな同僚が一人通路に

引き出された。顔は青ざめ、体はガクガクと震えている。班長は
「足を半歩開け！　次に両手を上に挙げろ！　次は上半身を少し前に倒せ！
尻を突き出せ！」
と命令した。同僚が恐る恐る尻を突き出したところに、海軍精神注入棒が力
一杯叩き込まれた。ズバーンともの凄い音が通路に響いた。彼は
「オッカさん！」
と大きな声で叫んで通路の隅まで逃げて行った。次にまた気の弱そうな者が
前に出された。タライのような巨大なオスタップを逆さにし、
「この上に背中を付けて仰向けに寝ろ！」
と命じられた。おびえた彼がまごまごしていると、班長が三人ほど出てきて、
無理矢理オスタップの上に彼を寝かせた。そして、ヤカンいっぱいの水を彼の
鼻の中に注ぎ込み始めた。
「苦しい！　助けてください！」

などと二、三度叫んだところで、気を失ってしまった。

それから何人かが見せしめのように引き出され体罰を受けたが、声を上げたり、逃げたりするとさらに激しい暴力をふるわれた。尻は真っ赤に腫れ上がり、血がにじんだ。おびえて逃げ腰になったために棒が骨に当たり、骨折する者もいた。

こんないじめにも似た制裁がやっと終わった後、就寝となった。部屋はだだっ広い板の間で、隊員は場所を取らないように吊床《つりどこ》（ハンモック）で寝かされた。軍規のため、真夏だというのに窓は全部閉め切られて施錠され、暗幕が垂らされている。小さな豆電球がポツンと灯るだけの真っ暗な部屋にぎゅうぎゅうに押し込まれ、暑苦しくてたまらなかった。たちまち汗が滝のように流れ出した。

蒸し暑い部屋の中には汗のすえた匂いが充満した。両隣に寝ている同僚の汗が臭くてたまらなかったし、自分の汗の匂いも鼻を突き刺すように臭かった。

皆眠れないようで吊床の中でもぞもぞとしていた。ブツブツと何かつぶやく声や、シクシクとすすり泣く同僚の声が聞こえてきた。

「便所で誰かが首を吊って死んでいるぞ！」

遠くで誰か叫ぶ声が聞こえた。

入団初日にしてこんな有様である。なぜこんなところに来てしまったのだろうと思った。舐められたくない一心で虚勢を張っていたが、吊床の中、涙がこみ上げてくるのはどうしようもなかった。

「オガッチャン…」

私は誰にも聞かれないように声を殺して泣いた。

志願する馬鹿もいる

海兵団入隊早々、地獄のような第一夜を過ごしたが、ここが地獄なのだと痛感するのは翌日からであった。猛烈な日課と、理不尽なしごきの日々が始まった。我々は厳しい規律のもと、軍人精神を徹底的に叩き込まれた。

海兵団の朝は早い。東の空が少し明るくなると、起床ラッパが鳴り響く。それと同時に吊床から飛び降り、吊床をくるくると丸めて人間一人を縛りあげたような形にしてロープで括《くく》る。

この吊床は戦闘時には防弾覆い、船が沈没したときには浮き袋になり、生命を守る大切なものであるから、水が入らないよう硬く括らなくてはならないと教えられた。

括り終わるか終わらないうちに

「吊床上げ！」

と号令がかかり、相当な重さがある吊床を担いで階段をかけ上がり格納庫にしまう。

「吊床降ろせ！」

との号令でまた吊床を降ろしてくる。これを何度も繰り返してやらされる。あっという間に全身から汗が噴き出して、早朝からくたくたになった。

続いて軍艦の甲板掃除訓練。五十メートル程の長い甲板を厚手の雑巾でピカピカに磨きあげるのだ。四つん這いで一列に並び
「押せ」

の号令でダーッと雑巾をかける。

「回れ」

の号令がかかると方向転換し、

「押せ」

でまた戻ってくる。

「押せ！」

「回れ！」

「押せ！」

「回れ！」

を繰り返し、端から端まで何十回となく這いずり回されるのである。少しでも手を抜こうものなら

「早く早く、腰が高い、気合いが足らん！」

と班長の怒号が飛んでくる。段々足が張ってきて、言うことをきかなくなってくる。足が棒になって動けなくなると班長が飛んで来て、思い切り尻を蹴飛ばして気合いを入れた。終わるまで立つことは許されず、中腰で長時間の掃除はかなりこたえ、数ある海兵団の日課の中でもっとも辛い訓練の一つだった。

それが終わると、休む間もなく練兵場に整列し皇居に向かって礼拝、「海行か

ば」の合唱、海軍体操。ここまでこなしてようやく朝食となるが、身も心もへトヘトの状態。あまりの厳しい訓練に、吐き気すら覚えた。しかし、少しでも食べておかないと体がもたない。無理やり飯を胃袋の中に押し込んだ。食事の時間は五分しかなく、それすら班長の機嫌を損ねると三分や二分に短縮された。時には訓練と称して、号令のもと一品ずつ食べさせられた。訓練で他の班より劣ったり、覚えが悪い者がいたら

「貴様らに飯を食う資格はない！」

と、食事を目の前にして、班長が食べるのを見ているだけのときもあった。

朝食後も休むことなく、日中の訓練が始まる。練兵場《れんぺいじょう》では、軍人の基本姿勢である直立不動の姿勢から、挙手《きょしゅ》の敬礼。三八《さんぱち》式歩兵銃による担《にな》え銃《つつ》、縦《たて》て銃《つつ》、捧《ささ》げ銃《つつ》。四列縦隊《よんれつじゅうたい》行進から、歩調《ほちょう》とれ、頭右《かしらみぎ》、折敷《おりしき》、伏《ふ》せ。何百人もの隊員が完璧に揃うまで、何度も怒号と精神棒が飛んだ。銃の扱いにも細心の注意が必要だった。少しでも乱暴に扱おうものなら

「天皇陛下から賜った銃であるぞ！　その扱いは何だ！」

と上官から激しい叱責を受けた。その他に陸戦、射撃、銃剣術、砲術。海では水泳、和船の魯漕《ろこ》ぎ、カッター訓練などが日課となっていた。

海兵団では水泳とカッター訓練が「花形訓練」とされていたが、どちらも想像を絶する過酷なものだ。

水泳訓練では、高さ四～五メートルの岸壁から海の中に放り込まれた。私は泳げたからまだ良かったが、今まで海を見たことも泳いだこともない者にとっては恐怖の訓練であった。波にもまれて沈んだり浮かんだり、限界まで海の中でもがき苦しんだところで、やっとロープを投げてもらえる。こんな無茶な訓練を繰り返し、泳ぎを叩き込まれるのだ。訓練中に死んだ者もいたようだった。

カッターの正式名称は短艇といい、手こぎボートである。カッター訓練ではカッターの部分名称や櫂《かい》の扱い方、もやいの取り方、さらにダビット（カッターを吊り揚げる鉄柱）やロープの取り扱い方まで詳しく教えられた。櫂は握りが太く、長さが二メートル以上もあり大変に重い。そんな巨大な怪物のような用具で、海水を押して漕ぎ進む。水を漕ぐ所は幅が広く平らに薄くなっていて、扱いが実に難しかった。全員の呼吸がぴったり揃わないと、船はうまく進まなかった。

カッターに乗り込み、一枚板の漕手座に腰を掛ける。

「櫂用意」で各員一斉に櫂を持つ。

「櫂立て」で一斉に重い櫂を垂直に立てる。うまく立てるにはコツと技術が必要だ。

「櫂そなえ」で長くて重い櫂を落とさないようにゆっくりと降ろし、櫂座に当てて姿勢を正す。

「用意」で体を前にかがめて、腕をいっぱいに突き出す。

「前」で全身の力を込めて櫂を引き寄せ、後頭部が後ろの座席につくまで反る。またすぐにかがみ込み、力一杯後ろに反る。櫂の操作を少しでも間違うと、あっという間に舟は横転したり、櫂を海に流してしまう。特に波のうねりの大きい太平洋では、その難しさは並みのものではなく、熟達するまでには相当の期間が必要だった。カッター訓練は花形訓練として毎日欠かさず行われた。

ある日のカッター訓練で、加藤という同僚が櫂を海に流してしまった。即座に班長から

「この馬鹿野郎、早く拾って来い！」

と、大きな声で怒鳴られた。しかし、彼は二、三日前にようやく浮けるようになったばかりで、泳いで櫂を拾うなど、到底無理であった。流れていく櫂を見つめたまま立ちすくむ加藤に班長の怒号はますます大きくなってくるが、顔は青ざめ、体全体が小刻みに震えるばかりであった。そんな加藤の様子に思わず私は、服を着たまま海に飛び込み、櫂に向かって泳ぎ出した。無事に櫂をつかみ取り、意気揚々と戻ってきた私に

「馬鹿野郎！　誰がお前にそんな命令をした！」

班長は物凄い形相で怒鳴りつけた。隊員の前で長い時間こっぴどく叱られた。ずぶぬれのまま班長から罵声を浴びせられているうちに怒りと悔しさで体が震えてきた。困っている同僚を助けた私だ。ほめられこそすれ、怒鳴られるとは何事だ。憧れの海軍など、こんな常識はずれの人間ばかりなのかと思うと、情けなくて涙がにじんだ。

その日の日課が終了し、昼間の出来事に割り切れなさをかかえたまま兵舎に戻る私を、班長が呼び止めた。

「氏家、昼間のお前の行動は人間としては大変立派だ。だが、軍隊としては絶対に許されない行為だ。戦場においては、何千、何万という兵隊が一つになって戦わなければならない。そんなときに、一人ひとりが勝手な判断で動いたらどうなるか考えてみろ。軍はバラバラになってしまう。俺だって本当はお前を怒りたくはなかった。だが、一般の常識と軍隊の常識は全く別なんだ。わかるか」

この言葉を聞いて、くすぶっていた心がパッと晴れた気がした。上官の命令の前には、兵士の命など紙くず同然と言うが、その裏には戦争という極限状態で勝ち残る術《すべ》が隠されているのだと気づいた。このような訓練を通して、我々は真の大日本帝国軍人になっていくのだと悟った。

その夜、吊床の中に入りウトウトと眠りにつこうとした頃、

「全員、甲板に整列！」

と鋭い班長の号令が聞こえた。あわてて集合した班員に向かって、

「貴様らは最近気合が入っておらん！　これから気合を入れる！」

そんな宣言をして全員に尻を突き出させ、次々と海軍精神注入棒を炸裂させた。理不尽な制裁に煮えくりかえる思いで耐えた。

海兵団ではこのような地獄のしごきと空腹、疲労に耐えながら海軍精神を叩

き込まれた。

入隊初日に「志願をして来る馬鹿もいる」と古参兵に笑われた。栄えある帝国海軍軍人になったというのに、こんな不謹慎な奴も海軍の中にはいるんだと腹立たしく思ったが、その言葉もなるほどと実感する自分がいた。一日が何年にも感じるほど辛く、こんな訓練がまだ三カ月も続くかと思うと、目の前が真っ暗になった。しかし、病魔に冒された痛みや苦しみに耐え抜いた母の姿を思い浮かべ、自分を奮い立たせた。

不動の姿勢

海兵団での三カ月の訓練が終わると、一等水兵（陸軍では一等兵）に昇進して右腕には階級章が付く。閲兵式で海軍大臣の閲兵を受け、それぞれ進学する学校を告知される。成績によって「砲術学校」「水雷学校」「機関学校」「整備学校」などの進学先が決められた。中でも「無線通信学校」はインテリ校と呼ばれ、原則として旧制中学卒業者しか進学が認めらない上、成績優秀者しか入ることができないというエリート校であった。海軍生え抜きの者が集まる学校として隊員たちの憧れだった。

私はそのころ上位の成績だったので、当然のごとく無線通信学校を希望していた。しかし、学歴もなくカッター訓練で班長に徹底的に叱られたこともあったので、無線通信学校には行けないかもしれないと、半ばあきらめの気持ちもあった。班長の不興を買ったり成績が悪い者は、進学させてもらえずに戦地に送られるという噂もあった。一抹の不安を残しつつ、海兵団修了の日を迎えた。

修了の日の朝、いつもならあちこちで「コラー！」「バカヤロー！」などと罵声が飛び交う時間になっても、不気味な程、兵舎内は静かであった。後でわかったのだが、当日は海軍大臣とその属官が多数来るので、班長や中隊長は、全員その対応に追われていたのだ。

八時を少し過ぎた頃、広い練兵場いっぱいに軍艦マーチが流れ出した。あれほど辛く、地獄のような日々を過ごしてきたが、勇壮なマーチの響きと一人前の海軍兵となれる嬉しさに、胸がぐっと引き締まる思いだった。

九時頃から米内光政海軍大臣の閲兵を受け、階級章が授与された。階級章を右腕に付けたときは誇らしい気持ちでいっぱいになった。

これからは中堅幹部候補生として昇進を重ねて、今までさんざん威張り散らしてきた古参兵よりも上の階級に進んでやる、と気持ちを大きくして、古参兵たちを眺め渡していた。

「おい、中隊長がお呼びだ！　早く行け！」

閲兵式が終わるやいなや、班長から不意に言い渡された。中隊長が直々に呼びつけるとは、一体私は何をしたと言うのだろうか。皆目見当がつかない。さしたる理由もなく制裁を受けるのかもしれない。それは海兵団の訓練で学んだことのひとつだった。ひょっとしたら制裁ではなく褒められるのかもしれない。そんな淡い期待もよぎった。厳しい訓練に耐えて優秀な成績を修めたという自信もあったのだ。当惑しながらも中隊長の個室に行き、不動の姿勢で「室内の敬礼」をした。

私の目の前の机に、中隊長は分厚い書類の束を叩きつけた。見るとこの三カ月間の私の成績表の束だった。

「お前は何でこんな所に来た！」

中隊長は厳しい口調で詰問した。やはり制裁か、もう中隊長の好きなようにしてくれと思った。しかし、中隊長は急に表情を緩めニコニコ笑いながら、

「この成績表を見ろ。全ての科目が満点だ」

と告げた。見ると本当にどの書類にも満点が付いていた。

「一つだけお前に質問したい。お前の不動の姿勢に班長は満点を付けているが、不動の姿勢とはどんな姿勢なのか、言葉で説明してみろ」

と難問を突きつけてきた。訳がわからないまま「はい！」と返事だけはした。次の瞬間、軍人手帳の冒頭文がひらめいた。私の隣に寝ていた友人が暇さえあれば暗唱していたものだ。

「不動の姿勢とは、軍人基本の姿勢で、そのときの心の中には軍人精神を充実させ、外見の姿は厳粛かつ、端正でなければならない」

いつの間にか私も覚えてしまっていたのだ。すらすらと暗唱すると、

「…さすがだ。お前は矢張《やは》り本物だ」

と中隊長は唸った。中隊長はこの書類の成績が班長のひいきで付けられたものではないかと疑っていたのだ。そして私に難問をぶつけて試したのだった。

中隊長は次のように進学校を告知した。

「昭和十八年十二月一日より、山口県防府市にある海軍無線通信学校（普通科）

に入校を命ずる」

念願の通信学校への進学を言い渡され、驚きと同時にたまらない嬉しさがこみ上げてきた。今までの苦労が報われた。通信学校へ向けて、また新たな希望が熱くわき上がってくるのを感じた。

第三章　通信兵

防府海軍通信学校

山口県防府市にある海軍無線通信学校（防通校）に着いたのは、横須賀を出発してから三日後の夕方だった。昭和十八年十二月、私は二百人を越える同僚とともに防通校に入学した。防通校は無線兵器の仕組みや法規、モールスを徹底教育して、無線通信の電信員を養成する学校である。訓練期間は平時では十二カ月。しかし、このときは速成で通信兵としての技術を詰め込まれ、最短七カ月で戦地に送られていった。習熟度によっては期間を延長して訓練を積むという変則的なシステムになっていた。戦場ではそれだけ兵士が不足していたということなのだろう。

木々に囲まれた大きな兵舎には静かに明かりが灯り、海兵団とは異なる雰囲気で、とてもいい所のように感じた。しかし、特年少兵という看板をぶら下げた私には「よくいらっしゃいました」と言わんばかりの猛訓練が待っていた。

ここでも朝の訓練は「吊床納め、吊床降ろせ」の反復訓練から始まる。真冬でも全身から汗が噴き出すほどやらされる。それが終わると休む間もなく練兵場に出される。練兵場の水溜まりには薄氷が張っている。寒風吹きすさぶ中、上半身裸で約三十分の駆け足訓練だ。全員の足の運びが機関車の如く常に一定になるよう厳しく指導されたが、一万人もの足並みがビシッと揃う様子は実に見事なものだった。

次は二人一組になって屈伸体操。手加減なしに相手の体を思い切り屈伸しなければならないので悲鳴をあげる程痛い。終わるやいなや兵舎に駆け戻り、地獄の甲板掃除訓練である。何往復も続けると足が動かなくなってくる。そこですかさず精神注入棒が尻に叩き込まれる。防通校でも上官のしごきは同じだ。

甲板掃除訓練が終わるとやっと朝食の時間となるが、食糧不足は日ごとに深刻なものになっていて、インテリ校の防通校といえども麦飯と味噌汁と沢庵が二枚という粗末なもの。味噌汁に大根の切れ端でも浮いていればご馳走であった。毎日の献立がこんな有様《ありさま》だから、栄養失調になる者が続出し、隊員の三割くらいは吊床の中に寝たきりになっていた。また、寒空の下での身体訓練に体調を崩し、卒業するまでの約七カ月間、一日も出席できなかった隊員さえいた。

日中の訓練は、モールス符合の送受信訓練がほとんどだ。これは文字や数字をモールス符号に置き換えて送信し、送られてきたモールス符号を正確に受信して文字や数字に置き換えていくというもので、通信学校の花形訓練であった。戦場では最低でも一分間に一二〇の送受信が要求される。送信はそれほど苦労せずに一二〇打てるようになったのだが、受信は至難の技だ。一分間に一二〇打たれた符合を受信し、そのまま紙に書いていくのは不可能だ。そこで十個くらいの符合を連鎖的に記憶の中に留めて一番後ろの符合から書いていくのだが、これにはかなりの熟練が必要だった。皆熱心に練習に打ち込んだ。私は同僚に遅れを取るまいと、訓練が終わってからも吊床や便所の中でモールス符号を頭に叩き込んだ。周りの物音すべてがモールス符号に聞こえるようになり、それこそ夢の中でも受信練習をしていた。十二カ月で身に付ける技術をわずか七カ月で身に付けるには、それでも間に合わないくらいだった。

入校当初から毎日試験があり、誤字や脱字などミスがあると、その数だけ軍人精神注入棒が尻に炸裂した。最初の頃は毎日尻を何発も叩かれ、うっ血した尻はいつも真っ黒だった。

上達するにつれて叩かれる回数が減り、尻のうっ血が治っていった。殴られなくなった頃には成績優秀者としてメダルが与えられた。このメダルは二百人以上いる隊員の中で数人にしか与えられないものだ。輝くメダルを胸に付けると、英雄にでもなったような誇らしい気分になった。

モールス符号送受信の次に苦労したのは、英語と電気関係だった。貧しい家に育った私は、ここで初めて電気にはプラスとマイナスがあることを知ったような有様だ。電気の知識もなしに「オームの法則」などの講義をされてもさっぱり理解できなかった。敵性言語である英語であっても、通信兵は傍受する可能性があり、基礎は身に付けなければならないとされていた。しかし、教本を開いても、何が書いてあるかわからず、読むことすらできなかった。

入校直後に実施された電気と英語の試験は、二百人中下から四番目であった。ここでも優秀な成績を上げて、ゆくゆくは江田島に進んで出世の道を開こうという決意に燃えていた私にとって、この順位は絶望的だった。同期の中には高い学歴の者がたくさんいて、英語などすでに十分な知識を持っている者もいた。家は電気も引けないほど貧しく学歴もない私はこの学校に来るべきではなかったのだ、という思いが大きくなり、しょせん自分は北海道の田舎者だったと愕然となった。このときほど自信を失ったことはなかった。

屈辱の試験の翌日、海軍中尉である分隊長に呼び出された。あんな成績を取ってしまった俺は通信学校を退校になるに違いないと考えた。重い足取りで士官室に向かった。

部屋に入り、直立不動の敬礼をすると分隊長は机の上に置いてある一通の手紙を指さした。

「開封してあるから読んでみろ」

と言う。言われるままに封筒から手紙を引き出して見ると、そこには

「日本一の帝国海軍軍人になれ」

とたった一行書いてあった。それは父からの手紙であった。

そっけない一文と見慣れた父の文字は、父そのものに感じられた。海兵団に入るときに

「『行って来ます』ではなく『行く』と言え」と涙をこらえてたしなめた父の顔が浮かぶ。一度の試験でやる気をなくした自分が情けなく、たまらなく悔しくなった。私は分隊長の前で涙をボロボロこぼして泣いた。

「…氏家、すばらしい父さんだな」

「…はい…」

私はこぼれる涙をそのままに、分隊長の言葉にうなずいた。

その日から私は、徹底的に電気と英語の勉強に取り組むようになった。特年少兵の試験に合格しようと農作業をしながら勉強を続けたときの燃えるような闘志を思い出した。就寝時間中も、天井にポツンと灯る豆電球にかじりつき、そのわずかな光を頼りに教本を読んだ。

そんな努力の甲斐があってか、みるみるうちに成績は上がり、成績優秀者十人で構成される特別班の一員に選ばれ、最短七カ月での卒業を言い渡された。屈辱からはい上がり、努力で栄光をつかみ取った経験は、自分の大きな自信となった。

第八〇一海軍航空隊

過酷な訓練と上官の暴力に耐え、飢えや疲労と戦う。軍隊に入ってからは想像を絶する苦しい日々の連続であった。いっそのこと死んだ方がましだ、と何度となく思う。だから「俺はいつ死んでもよい」という覚悟で戦地に赴く。死ぬ覚悟ができているから、日本の海軍は世界で一番強い。私だけではなく、同僚の誰もがこう信じていた。

昭和十九年七月、七カ月間の教育を終えて防府海軍通信学校を卒業した私は、即日横浜の第八〇一海軍航空隊（八〇一空）に配属された。八〇一空は哨戒部隊で、主たる任務は南方海上の偵察だ。昼間は二式大艇と九七式飛行艇の離着水訓練と通信訓練に励み、夜になると二式大艇に大きな電波探知器を積んで、南方の海に偵察に出る。敵の機動部隊など、不審な飛行機や船を発見したら、直ちに基地に連絡する。

　私はその偵察機の連絡を傍受したり万一、偵察機が敵の攻撃を受けたり、不時着したりしたときに、その場所を突き止め、救援機を飛ばす任務についた。まだ十七歳になったばかりの私には初めての実戦部隊配属だ。十五人ばかりの先輩の通信兵は、全員自分より年上だったが、この中の誰にも負けない技術を身につけてやろうと思った。腕を磨いて軍功を立ててやるという決意とともに、ここは自分の戦場なのだ、舐められたら終わりだ、という気合で胸がいっぱいになった。


　勤務時間以外には身体訓練が行われた。海軍では昔から慣例として、艦上では柔道、陸では相撲の練習があり、毎日のように激しい練習が行われていた。八〇一空では特に相撲が盛んで、相撲大会もよく開かれた。

八〇一空の通信隊には、相撲がめっぽう強い環《たまき》という兵曹がいた。年は二十歳くらい、体全体が筋肉のかたまりのようで、柔道も四段の有段者ということだった。横脇を強く固めて、ピストンのような早業で胸を突いて、あっという間に相手を土俵の外に突き飛ばしてしまう。入隊したばかりの私たちなどまるで歯が立たなかった。

「環兵曹は強すぎる。奴に勝つなんて絶対無理だ」

などと同僚たちは早々に白旗を揚げていた。だが私は練習のたびに負けるのが悔しくて仕方なかった。何としてでも勝ちたいと思って毎日向かっていく。しかし、何度挑もうとも小柄な私ががむしゃらに向かっていって勝てる相手ではなかった。

「相撲でも柔道でも、頭を使って物理的にやれ」

相撲大会でコーチ役をしていた父親がよく選手に忠告していた言葉を思い出した。環兵曹とまともに組み合ったら到底勝ち目はない。私は父の言葉を思い出し、奇襲戦法を取ることにした。

立ち合った瞬間、胸に突っ込んでくる環兵曹の体を斜めにかわした。バランスを崩したところを渾身の力を込めて突き飛ばしたら、環兵曹はあっけなく土俵下に落ちてしまった。奇襲戦法は見事に成功したのである。

「氏家、お前は見どころがあるぞ」

環兵曹は意外にも私を褒め、相撲大会に向けて個人的に稽古をつけてくれるようになった。それから大会までの毎日、夕食前の小一時間、ゲーゲーと胃液を吐くほど厳しい練習をやらされた。練習を重ねていくうちに、環兵曹とまともに組み合って、三番に一番くらいは勝てるようになった。大会間近には、ほぼ互角に渡り合えるようになっていた。

相撲大会当日、抜けるような青空の下に各隊の代表が集まった。絶対優勝をしてみせるという意気込みで臨んだが、周りを見渡すと私より体格が良く、強そうな者ばかりが揃っている。

「勝敗は時の運だ。土俵の上で持っている力を全部出し尽してこい！」

少し弱気になっていた私に、環兵曹はバシンと背中を叩いて気合を入れてくれた。この言葉に心が落ち着いた私は、一番一番集中して相撲が取れた。環兵曹の特訓で驚くほど強くなった私は、気づけば決勝まで進んでいた。

決勝の相手は軍艦の修理や潜水作業をする工作兵だった。力仕事に携わるだけあって、筋肉が隆々としてプロレスラーのような体つきをしている。土俵に上がると身長差は歴然として、とても勝ち目がないと思った。

「こんなチビが俺の相手になるか」

工作兵は余裕たっぷりでニタニタ笑った。その途端、全身がカッと熱くなった。

「体は貴様より小さいが、根性だけは何倍もあるぞ」

メラメラと闘志が湧いてきた。こんな奴に負けてたまるかと工作兵を睨みつけた。

勝つには一瞬で勝負をつけるしかないと思った。

「はっけよい！」

行司の仕切りと同時に飛び出した。組み合う前に素早く相手の左の太ももを両手で持ち上げ、下から突き上げるように肩を相手の股にこじ入れた。そのまかつぐようにして工作兵を土俵の外に投げた。勝負は一瞬でついた。

周りからはウオーッと歓声が上がった。振り返って環兵曹を見ると、満足げにうなずいてくれた。

それからしばらくの間、同僚から「八〇一空の横綱」と言われ、最高に得意な気分であった。それまでは年端のいかない小僧扱いだった隊でも、このとき以来一目置かれるようになった。私もようやく一人前の軍人になれた気がした。

命の信号

昭和十九年七月。この頃になると南方の各戦線で日本軍は米国軍の猛烈な逆襲を受け、敵機を捜すことが目的だった通信隊も、援軍や救助を求める信号を受けることが多くなった。

相撲大会で優勝して数日後の出来事だった。

「南方洋上哨戒のため指宿基地を発進した偵察機が敵機の攻撃を受けた。『敵機と交戦中』との打電を最後に消息不明になった。太平洋上に不時着した可能性がある」

との知らせが飛び込んできた。

通信室内は一瞬にして緊張した空気に包まれた。偵察機の打電を一刻も早く聞き取って救助を送らなければ、搭乗員たちの命が危険だ。非番の隊員も急きょ招集され、隊員たちは全員一斉に受信機にかじりついた。私も受話器を耳に当て、チューニングのダイヤルに手をかけて救助信号を受ける準備をした。

私たちの肩に何人もの命がかかっている。一刻を争う状況に焦る者も多く、皆受信に手こずった。全神経を耳に集中させて、受話器から流れ込んでくる雑音の中からモールス符号を探した。

この日の電波状態は特に悪く、耳には雑音ばかりが入ってきた。ダイヤルを調節するとモールス符号らしき音がかすかに聞こえては雑音にかき消される。だがこの音は、救助を求める信号なのか、別な信号なのか。そもそもモールス符号なのか。ベテランの通信兵も、これは大変だとうめいた。

「…………ツー・トン……ツー・ツー………ツー」

目を閉じて神経を集中させると、雑音の海の中、わずかなモールス符号がかすかに耳に引っかかった。砂の中にきらめく宝石を発見したような気持ちになった。鼓動が早くなるのを感じた。

受話器を強く耳に当て、蚊の泣くような発信音を聞き取ろうと集中した。かすかな弱いモールス音は、私に助けてくれと叫んでいるようだった。祈るような気持ちで全神経を耳に集中させた。雑音が次第に意味ある信号となっていく。確かに不時着機の位置を告げている。

「不時着機の場所が確認できました」

そう叫び、傍受した信号を書き留めたメモを高々と掲げた。隊員たちは、本当かという顔で、私を振り向いた。

「氏家、よくやった。後は任せろ」

通信参謀は救援機をすぐに現場に急行させた。搭乗員は奇跡的に無事で、全員救助されたという。

搭乗員は無事との報告を受け取った通信参謀は、

「お前の感性はすばらしい」

と私の聴力を手放しで賞賛した。

数日後、通信室に入ると甘くておいしそうな香りが漂っていた。見ると私の机の上に、台湾バナナと砂糖飴がたくさん入った白い袋が載っていた。誰が、何のためにこんな贅沢品をといぶかしげに見ていると、通信参謀が、「この前モールス符号を傍受した偵察機の搭乗員からのお礼だ」と言った。私はそれを通信兵全員で分けて食べた。何カ月ぶりに口にする砂糖菓子はことのほか甘く、通信兵として任務を果たせたことへの喜びとともにかみしめた。

それから一カ月の間に、立て続けに二回も同様の事故が発生した。このときも私がいち早くモールス符号を受け、救援隊を出動させることができた。通信参謀は事故が発生すると、私の後ろに立って救助信号を待つようになった。搭乗員からはいろいろなお礼の品が届けられる。中には帰還した搭乗員が直接通信室に来て

「お前は命の恩人だ」

「お前のおかげで安心して遠くへ飛んで行ける、これからもよろしく頼む」

などと、心からの感謝や信頼の言葉をかけてくれることもあった。

「よし、今日も頑張るぞ！」

時局が厳しくなっていったが、私には充実した毎日だった。そして搭乗員たちとの心の絆がどんどん深まっていくように感じていた。


八〇一空に配属されて二カ月も過ぎた頃であっただろうか。

「今度、人間爆弾ができたらしい」

そんな噂が耳に入ってきた。人間爆弾という言葉に、小学生の頃聞いた「肉弾三勇士」の話を思い出した。

昭和七年、上海事変で久留米工兵隊の三兵士が爆薬筒を抱えて鉄条網に突っ込み、突破口を開いた。この兵士たちは「肉弾三勇士」と讃えられ、戦意高揚の美談として人形浄瑠璃にまでなったものである。

「人間爆弾」の言葉に、爆弾を抱えて敵陣へ突っ込むのだろうかと漠然と考えていた。事実、搭乗員が通信室に来る回数が減り、バナナなどの寄贈品も、以前と比較すると半分くらいに減っていた。搭乗員の人数が減っているのが通信室にいる我々にもわかった。

人間爆弾の噂を聞いた矢先、突然私は通信参謀に呼び出された。もしかして人間爆弾に昇格かとの思いが頭をよぎった。恐る恐る入った参謀室では、通信参謀がむっつりと押し黙り、厳しい表情を浮かべていた。顔を見た瞬間、体全体に緊張感が走った。不動の姿勢で室内の敬礼をした。

ところが通信参謀は緊張している私を見ると、破顔一笑《はがんいっしょう》し
「まあ、そこにかけろ」

と椅子を指差した。緊張した面持ちで腰かけた私に通信参謀は言った。

「この基地で本当によく頑張ってくれた。お前は通信兵としてすばらしい能力

を持っている。お前のおかげで何人もの命が救われた。今、お前の力が南方の第一線で求められている。今度は台湾の東港基地に行ってくれ」

東港といえば、最前線の激戦地だ。江田島海軍兵学校卒のエリートである通信参謀に手放しで褒められ、生え抜き揃いの八〇一空でも認められたのだと思うと、天にも昇る気持ちになった。

「東港基地から久里浜にある高等科通信学校に行くよう手配した。そこを優等で卒業すれば、江田島の海軍兵学校の聴講生になれるぞ。防通校を優等で卒業したお前なら必ず海軍兵学校へ行ける。頑張れ！」

全く予期しなかった通信参謀の計らいに、喜びもあらわにして
「はい、わかりました！」

と元気よく返事をした。そのとき、通信参謀の目が潤んでいるのに気がついた。

「俺も、南方の第一線に行くことになった…」

と、通信参謀は他人事のようにポツンとつぶやいて目をそらした。南方の激戦地に発った通信参謀が後にどうなったか、知る術はなかった。

上官への暴言

大日本帝国軍隊は天皇の軍隊である。「上官の命令は天皇陛下の命令」と思えと教育されていた。軍規では、いかなる理由があろうとも命令には逆らうことは許されない。ましてや上官に暴言を吐くなどもってのほか。「上官への暴言は天皇陛下への暴言」として万死《ばんし》に値するものと教えられていた。

私に何かと目をかけてくれた通信参謀が南方の第一線に送られると、その後任に就いた通信長は、私のことが気に入らないらしく、何かにつけて難癖《なんくせ》をつけて私をいびった。

後にわかったことなのだが、前任の参謀と後任の通信長の間に、私の処遇をめぐって口論があったのだ。結局は参謀に軍配が上がり、通信長は負けた悔しさをそのまま私にぶつけてきたということだった。

訓練では理不尽にしごかれ、たるんでいると精神棒で殴られ、食事も満足にさせてもらえなかった。暴力など日常茶飯事となった。理由のない制裁にはすでに慣れっこになっていたが、あまりの仕打ちに腹が立ち、通信長への反感が日ごとにつのっていった。

そんなある日、ついに私は今まで抑えてきた反感を一気に噴出させてしまった。通信長に軍人としてあるまじき行為を働いてしまったのだ。

基地で何かの祝賀会が開かれ、全員に祝い酒が振る舞われた。久しぶりに大好きな酒を口にした私は気持ちが大きくなり、同僚たちといい気分で語り合っていた。人の気配に振り向くと、そこには通信長が立っていた。

「お前は生意気なんだよ。前任の通信参謀から特別扱いされたからって、いい気になるな馬鹿野郎！」

会場いっぱいに響く大声で怒鳴りつけられた。

その瞬間、頭の中で何かがプツンと切れた。

「何だ馬鹿野郎！　お前こそ生意気なことを言うな！」

叫んだ瞬間、ハッと我に返った。その場はしんと静まりかえり、同僚の隊員たちの顔色は青ざめた。通信長は怒りに顔を引きつらせ、真っ赤になって怒鳴った。

「上官に向かってその言葉は何だ無礼者！　出て行け！」

即刻退場を命ぜられた私は、絶望的な気持ちで会場を後にした。上官に暴言を吐くなんてとんでもないことをしてしまった。天皇陛下に逆らったも同じだ。

後悔の念が怒濤のように押し寄せてきた。通信長からなんと言われようと私はじっと耐えるべきだった。

「ありがたきお言葉、深く肝に銘じておきます」

などと受け流して腹の中で舌を出していたらよかったのだ。上官への暴言は理由のいかんを問わず重罪だ。明日は体罰制裁が行われ、間違いなく殺されるだろう。俺の人生はこれで終わりだ。絶望、悲しみ、恐怖、不安。さまざまな感情が体をかけめぐり、悶々としたまま一睡もできなかった。

気づけば外はうっすらと明るくなっていた。朝日を見るのもこれが最後だ、今日俺の人生は幕を閉じると思うと、急に母親の姿が目に浮かんだ。死の床にあっても決して表情を崩さず、最後まで私を気遣って逝った母。死んでは駄目だと母親の体にすがって泣く私を抱いた母の胸の温もりがつい昨日のことのように思い出され、たまらなく母親に甘えたくなった。

そうだ、もうすぐ母の所に行ける。最期は男らしく堂々と死のうと心に誓った。

朝九時頃、私は三人の下士官に連行されて制裁部屋に入れられた。部屋には水が満杯に入った大きなオスタップが二つ、使い込んでぼろぼろの軍人精神注入棒が五〜六本用意されていた。通信長が正面の椅子に座っていて、周りには上官が五人も待ち構えていた。全員恐ろしく体格が良い。通信長の前で私は体罰制裁の名の下になぶり殺されると覚悟した。

通信長が椅子から立ち上がり何かを言おうとしたとき、それよりも早く私の口から自分でも思ってもいなかったセリフが出てきた。

「通信長殿、武家の出身の俺がこんな汚い精神棒で殴られて死んだら、先祖に申し訳が立ちません。日本男子として模範となるような切腹をして果てる覚悟は決まっています。あなたの日本刀を貸してくれ！

それから、この俺の体は一つではないぞ。俺の体の中には母親の魂が入っている。お前は俺一人ではなく、俺と母の二人を殺すことになるんだ。母を殺された怨みは必ず晴らしてやる！

怨念の恐ろしさを思い知るがいい！　俺と母親を殺したことを必ず後悔させてやるぞ！

さあ、早くお前の日本刀を持って来い！」

私は通信長に向かって一気にまくしたてた。息は荒く、心臓は高鳴った。

通信長は私の気迫に圧倒されたのか、しばらく黙って私を見ていたが、

「もういい…。この件には、俺にも責任がある…」

と、一人言のようにつぶやきながら部屋を出て行ってしまった。予想もしなかった展開に呆然とする私に、

「助かったな。戻っていいぞ」

残された古参兵が言った。私は上官暴言という大罪から生還したのだ。

そしてこの一件以来、通信長は自分の顔を見る度にニッコリ笑って

「よう侍、元気か」

と言葉をかけてくるようになった。

なぜあんな言葉がすらすらと出てきたのか不思議でならない。母がこの窮地を救ってくれたのだろうと今では思っている。

第四章　台湾東港航空基地

台湾の東港航空基地へ

昭和十九年の初め頃から太平洋戦争は、その戦いの中心を海から空に移していた。

物量で圧倒的に優勢なアメリカ軍の艦隊と輸送船団を前に、日本軍は航空機の絶対数不足に苦しみ、太平洋の各地で敗戦を重ねていた。

六月のマリアナ沖海戦で日本海軍は壊滅的な被害を受けて敗北。十月のレイテ沖海戦では空母四隻、戦艦三隻など二十九隻を失って、事実上壊滅した。絶望的な状況に立たされた日本軍は、零戦（零式戦闘機）に二五〇キロ爆弾を抱かせて、敵の艦隊に体当たりする特攻作戦を命令した。神風特別攻撃隊である。

第一陣には二十四名の隊員が選ばれた。昭和十九年十月二十五日、敷島隊が第一陣としてスルアン島海域で米艦隊に体当たり攻撃を行ったのを皮切りに、続々と特攻攻撃が行われた。こうして体当たり攻撃は艦船に対する戦法として定着していった。

被弾して墜落が避けられない場合、個人の決断で敵に体当たりすることは以前からあったが、生還を許さない攻撃方法が作戦として採用されたのはレイテ沖海戦からだった。特攻隊員は、戦場という特異な状況の中で、多くの若者が特攻隊に指名されて、南の空に若い命を散らしていった。

東港航空基地のある台湾でも、戦況は同様だった。米軍は台湾各地において日本軍に空中戦を挑み、日本軍は零戦で応戦したが、数を頼む米軍機になすすべもなく破れ、壊滅的な被害を被った。絶望的な戦いを強いられる日本軍は劣勢を一気に挽回する方策として、台湾でも特攻作戦を決行するようになっていった。

昭和十九年十一月の初旬、横浜の八〇一空から約二十名の隊員が二式大艇に乗り込み、第一線の戦地である台湾の東港航空基地に向かった。私もその一員に加わっていた。

出発当日の朝は風が強く、波のうねりも大きかった。こんな状況では二式大艇の離水は極めて難しい。離水時に艇の後部を波で叩かれると、簡単に前部の機首が海の中に突っ込んで大事故になる。

一体誰が操縦するのか。皆が心配していると、操縦歴十年以上のベテラン下士官が自信にあふれた手つきで操縦幹を握った。

海に出た途端、大きな波のうねりで二式大艇はバランスを失い、大きく左右に揺れた。乗り組んだ者たちは皆真っ青になった。海に突っ込むと誰もが思った瞬間、エンジンがフル回転を始め、四十五度の角度で大きな二式大艇が海面を蹴るように空高く飛び上がった。操縦士の見事な離れ業に、隊員全員が「ウォーッ」と驚嘆の声を上げた。

高度六〇〇〇、沖縄上空にさしかかった頃、機体の前部と後部、上部と腹部、左右の窓側に配備した六つの機銃に長さ約一〇センチ、太さ約一・二センチの実弾が込められた。グラマン戦闘機の攻撃に備えるためだ。

日本はすでに制空権を完全にアメリカに奪われていた。無事に東港基地にたどり着ける保障はない。むしろグラマン戦闘機の攻撃を受けて墜落する可能性の方が高いくらいであった。幸い、横浜を出発してから約六時間、攻撃を受けることなく何とか無事に台湾の東港航空基地に到着した。

東港航空基地は台湾の最南端に位置し、南国の美しい自然が広がる風光明媚な場所にあった。しかし、それとは裏腹に、米軍の攻撃を受けて真っ黒に焼けた水上機が無惨な姿をあちこちにさらしていた。海岸の波打ち際には、撃沈された日本の船から流れついた死体がゴロゴロと転がっていた。毎日が三十度を超える暑さの中、基地は極めて非衛生的で、生活の拠点となる兵舎も木を組んで簡単に屋根を葺いただけの建物で、戦時下とはいえ基地全体の雰囲気は暗く沈んでいた。

食料は不足し、隊員はいつも腹をすかせていた。基地に隣接して広大なバナナ畑があり、兵舎の軒下には放置された台湾バナナが山積みになっていたが、満腹になるまでバナナを食べると、必ず激しい下痢にみまわれた。わずかな量の麦飯と薄い汁の食事が終わると、現地の子どもたちがどこからともなく基地の中に入り込んできた。皆一様にみすぼらしい姿で、隊員になれなれしく煙草をねだったり、基地の残飯捨て場に行き、水牛の肉などを拾って食べたり好き放題にふるまっていた。

隊員たちは誰一人として注意しようとしない。見かねた私が注意しようとすると、

「注意するな！　子どもの好き勝手にさせておけ。子どもたちがこの厳粛な基地に入って来ても、絶対に叱らずやりたい放題にさせておることは、ここの住民と日本軍が、うまく協調している証である」

と、班長に厳しい声で制された。

〝東亜を代表して鬼畜米英と戦っている〟と教えられた私たちは、現地で住民に尊敬されているものと思っていた。しかし、実際の東港基地は、日本軍に対する敵意の中に浮かぶ孤島だった。そんな中、子どもを追い散らして周辺住民の対日感情を悪化させてもなんの得もないことは明らかだった。

尊敬する海軍大尉

東港航空基地に転属してから十日ほども経つと、基地内の業務内容や土地柄がわかってきた。余裕も出てきたので、これからは少しのんびりしようと思い、同僚を海水浴に誘った。ところが同僚は顔をしかめて言った。

「ここの海岸には撃沈された日本船からの死体が流れつくんだ。波打ち際に死体が横たわっている中泳げるもんじゃないぞ。それよりテニスでもしようや」

私もそれに賛成し、基地につくられたテニスコートに行くことにした。一面だけの粗末なつくりのテニスコートには先客がいた。兵士らしい若い隊員が三人、上半身裸になって夢中でテニスの練習をしている。三人とも二十歳すぎくらいに見えた。

「おい、お前たちにテニスを教えてやるぞ」

と声をかけたところ、一人の隊員が私の所に走ってきて
「ご教示をお願いします。どうぞお手やわらかに」

などと言い、私たちをうやうやしくコートに迎え入れた。私と同僚はすっかりその気になって、偉そうにテニスを教え始めた。相手が負けたときは、

「馬鹿野郎！」

「やる気を出せ」

などと叱りとばし、自分が負けたときは何も言わずに黙って続けた。挙句の

果てには自分が拾いに行かなければならない球も
「お前が拾って来い！」

などと、威張りながらテニスを教えてやった。ひとしきり汗を流したところで
「十分間の小休止！」

と指示を出し、三人と雑談しながら休んだ。どこの隊の者だ？　階級は？　などと尋ねても、ニコッと笑うだけで何も答えない。ははあ、この連中は徴兵検査を受けてすぐ海軍に来た、どこの普通科練習所にも行けなかった一般の兵隊か、と思った。

「これからもまじめにやれよ。困った事があったら、いつでも通信室の俺の所に来い。相談に乗るぞ」

などと先輩風を吹かせた。私たちはいい気分で何時間もテニスを楽しんだ。

日が傾き、疲れも出てきたので、私たちは帰り支度を始めた。上着を着込ん

だ三人をふと見ると、上着が我々のそれと何となく違うことに気づいた。首のあたりがピカピカと輝いている。目をこらして襟章を見たら、一人が海軍大尉で、二人が海軍中尉だとわかった。言葉も出ないほどの衝撃を覚えた。今までの暴言と非礼の数々が頭をよぎった。八〇一空で通信長に暴言を吐くより、もっと大きな事件を起してしまったと愕然とした。

あわてて海軍大尉の足もとに土下座し、地面に頭をすりつけた。自分の言葉使いが悪かったこと、上官とは知らずに吐いた言葉であったことを説明して心から謝罪した。

すると彼らは怒りもせず、自分たちがいずれも学徒出陣の将校であること、大学でスポーツをしていた頃、先輩から厳しい体罰の制裁を受けたことなどを話し、私の無礼な振る舞いを笑って許してくれた。そして最後に

「今日ここであなたたちと本当に楽しくテニスをやらせていただいたことに感謝する」

と優しく言って帰っていった。

地獄のように厳しい海軍にも、こんなに優しくてすばらしい上官がいるのだ。嬉しさとありがたさに涙が流れて止まらなかった。

しかし、それから間もなくこの三人の将校は海軍の特別攻撃隊に指名され、無念の戦死を遂げたことを耳にした。かけがえのない肉親や兄弟、さらに妻子を置いてこの世を去らなければならなかった彼らの無念はいかばかりであろうと思うと、悔しくてどうにもならなかった。特攻隊なんて考えついた馬鹿者は俺が殺してやる！　と心の中で大きく叫び、その夜は一晩中、床の中で悔し泣きをした。

昇進、そして大失敗

　大尉たちの戦死を知ってから間もなく、私は上等水兵に昇進した。その上、海軍大佐の司令から

「君は特年少兵の第二期生であるから、今後は特別の事情のない限り一年に二回の昇進をさせる」

　と言い渡された。そうすると、来年の五月には待望の海軍水兵長、十一月には下士官の二等兵曹になれる。武山の第二海兵団に入団した初日、風呂場の入口で私を蹴飛ばした古参兵は水兵長だった。十一月には奴より階級が上なんだと思うと、ざまあ見ろという気分であった。この調子で昇進したら、二十歳か二十一歳で海軍少尉だ。武官の高等官だ！　母親と死別してからさんざん辛酸を舐めてきた。いよいよその苦労が報われることになるのか…そう思うと今ま

での苦労も吹っ飛ぶ気がした。意気揚々と司令の部屋を出た。

よし、今日は休みだから酒でも飲んでやろうと思い立ち、金をポケットにねじ込んで浮かれた気分で東港の街に出た。

四合入りのパイン酒を一瓶《びん》買って下宿先に行った。パイン酒は約四〇度のとろりと甘口の酒で、実にうまかった。一瓶をあっという間に飲み干したが、余り効き目がない。そこでもう一本買って、今度はゆっくりと飲み始めた。半分くらい飲んだところで急に眠くなってきた。酔い冷ましに少し歩こうとしたが、腰が砕けてしまいさっぱり歩けない。下宿のご主人に十円払って、門限の一時間前に起こしてくれるよう頼んで横になった。

ご主人に揺り起こされて、やっと目が覚めた。そろそろ帰ろうと時計を見たら、針は八時十分を指していた。門限は八時。とっくに門限を過ぎている時刻だった。一瞬にして酔いは冷め、体全体が小刻みに震えだした。

軍隊の門限時間は絶対である。戦艦が海戦に参加するために軍港を出発するとき、砲術隊員が乗り遅れたらその戦艦がどうなるか、火を見るよりも明らかだ。従って門限の厳守は絶対で、破れば理由を問わず軍法会議で重罪に処せられた。

取り返しのつかない大失敗をしてしまった。死んだ母も馬鹿息子と思ってあの世で泣いているだろうと思うと、自分が情けなくて仕方なかった。道路の真ん中にあぐらをかき、母の姿を思い浮かべてひとしきり涙を流した。涙は次々とこぼれ落ち、最後には声を上げて泣いた。

泣いているうち、自然と心の中に自分なりの決心がついてきた。もうこうなったらどうしようもない。ここに寝ていれば、どこかの車が通りかかるだろう。その車に便乗させてもらって基地まで帰ろう。そして自分の失敗した経緯を正直に説明し、天命を待つしかない。こんな考えがまとまったとたん、急に気持ちが楽になり、引き続きその場に寝込んだ。

何時間眠ったかわからないが、車の警笛の音で目が覚めた。真っ黒な車が、そこをどけろと言わんばかりに連続的に警笛を鳴らしている。基地まで送ってもらおうと急いで立ち上がって車を見ると、車の先端には黄色い小旗がパタパタと翻っている。将官級の軍人がこの車に乗っているという証しだ。こんな車に助けを求めてもますますやばいことになるだけだと思い、道の端に寄り四つん這いになって車の発進を待った。

すると、車の中から大きな体をした陸軍中将が降りてきた。厳しい顔つきで、左手には軍刀を携えている。陸軍中将は私に近寄ってきて、階級や配属など、身上調査のような質問をした。私は最高幹部を目の前に緊張した顔で答え、これまでの顚末を話した。陸軍中将は黙って聞いていたが、急に表情を和らげた。

「おい、この車に乗れ」

「閣下の車になんか乗ったら罰が当たります！」

「罰なんか当たらん、送ってやるから早く乗れ」

と優しく言われた。その口調に急に父を思い出した。親爺に救われたような気持ちになって、嬉し涙がこぼれた。

「おいもう泣くな、この俺に全部任せておけ」

と陸軍中将に言われると、涙はさらにボロボロと流れた。

約二十分近く走って東港基地に着いた。将官の車が東港基地の衛門に入ってきたので、衛兵は慌てふためいた。衛兵に向かって陸軍中将は
「ここの兵隊である俺の友人を連れてきた。兵舎に置いてくるぞ」

と言ってさっさと衛門を抜けた。次に兵舎の当直将校を呼びつけた。

「俺とこの者とは郷里が同じ北海道である。俺はこいつの顔を知っていたので、昇進祝いの酒を少し飲ませたらこの通りだ。今日は門限に随分遅れてしまったが、こいつの責任ではない。全部俺の責任だ」

と言いながら、一枚の名刺を当直将校に渡してこの基地を去って行った。

東港航空基地は第一線の激戦地だ。ここでも毎日華々しい活躍ができるのを

期待していたのに、目立った任務はなく、少なからず拍子抜けした。夜の九時頃に基地から索敵機が一機だけ、フィリピン方面の洋上を索敵して翌朝早々に帰還する。その索敵機との通信の他は、東京通信隊からの送信を受けるくらいしかすることはなかった。このとき、もう東港には攻撃や索敵に行ける飛行機が満足に残っていなかったのだ。

閑散とした基地業務なので、最初の半月は三日に一回くらいの割合で、東港や高雄方面の街中など、いろいろな所を見て歩いた。

どこの店先にも、黄色い台湾バナナやキャラメル、砂糖飴などがずらりと並んでいた。一般家庭は玄関を入ると広い土間があって、中心に大きなテーブルが一つ。その上には何日も洗っていない御飯茶碗が放置され、ハエが群がっていた。老人たちは電信柱にもたれて真っ昼間から大きなキセルで悠々と阿片を吸い、そのまま何時間も寝る。ここに住んでいる人たちには、戦争に対する意識や関心が全くないようだった。天下泰平で羨ましい限りだった。

こんなとき、どうして日本はこんな戦争をしているのか、戦争の本当の目的は何なのかと考えるようになった。戦争の目的など教えられず、ただ鉄砲を持って人を殺せと言われてもできるはずがない。私はいったい何のためにここにいるのだろう。平和な風景を眺めながら自問自答することがよくあった。

自分のこととしては、東港でのんびりと過ごし、久里浜の高等科無線通信学校を卒業すれば最上級の佐官にまで昇進できる。二十歳を過ぎた頃は最下級の尉官になれる。そんな将来を脳裏に描いていた。わずか一カ月後に、この基地が断末魔の基地に大きく変容するとは夢にも考えずに…。

第五章　特攻

特攻出撃の朝

「出撃があるから、戦闘指揮所に行って見送って来い」。

東港基地に来て一カ月程経ったある日、美浦班長から指示を受けた。美浦班長は私が当番兵として身の回りの世話をすべてしている班長で、日頃から何かと私に目をかけてくれている班長である。

「はい」

と返事をしたものの、なぜ見送るのか不思議に思った。索敵や訓練飛行ならわざわざ見送る必要はない。何の出撃だろうと疑問に思いながらも、同僚の陸上通信士一人を誘って、戦闘指揮所に向かった。

指示をした美浦班長のいつになく緊張した面持ちだけが印象に残った。

真っ青な空に白い雲が浮かび、何ともすがすがしい日だった。名も知らない南国の木が生い茂り、緑が目にまぶしい。戦闘指揮所に着くと、すでに出撃する隊員が司令の前に整列していた。そこには吸い込まれるような緊張感が漂っていた。

真新しい航空服に身を包んだ隊員たちは皆若く、整った顔立ちをしていて、私といくつも違わないように見えた。肩には日の丸と軍艦旗を十文字に掛けた彼らの姿は、いかにも日本男子を象徴するような凛々しさだった。腕には将校の階級章が光っていた。

それを見た瞬間、あっこれは映画の撮影だと思った。日本軍は国威発揚の映画を作るために、基地に撮影に入ると聞いたことがある。同僚も、

「そうだろうな」

と相づちを打った。

司令は大きく日の丸が描かれた幅広の鉢巻を隊員一人ひとりに手渡した。隊

員はうやうやしく受け取り、頭にしっかりと結び付けた。全隊員が揃って司令に敬礼した。口を一文字に引き結び、目がキラキラと輝いて実に格好が良い。ほれぼれと彼らに見とれていたが、おかしなことに気づいた。映画撮影なのにカメラが一台も見当たらないのだ。次の瞬間、横浜の八〇一空で聞いた「人間爆弾」の噂を思い出した。まさか爆弾を積んだ零戦で敵艦に突っ込んで自爆する「特攻隊」の出撃ではあるまいか。だが、東港には零式戦闘機はない。しかしそれならば、彼らの決意に満ち溢れた顔つきは何なのか。

「諸君の成功を祈る」

と司令が一言訓示を述べたとき、私は愕然とした。司令は「武運長久《ぶうんちょうきゅう》」を祈らなかった。帰らぬ出撃に出る隊員たちに長い訓示は不要だ。これは映画ではなく、本物の特攻隊の出撃なのだとわかった。

隊員たちに小さな杯が配られ、酒が注がれた。別れの杯を受けた隊員たちは、それぞれ先祖代々の宝刀を携えて愛機に乗り込んだ。翼には「必中必殺」の文字が書かれていた。

表面は堂々としていても、肉親や妻子との惜別の念や死の恐怖など、計り知れない悲哀を心に秘めているのだろう。それを決して表に出すことなく、毅然とした態度で出撃していく姿は、神々しくさえあった。

その姿を眺めていると、涙が次から次へと頬を伝って流れ落ちた。

こんなむごいことが許されていいのか。尊い命まで犠牲にする価値がこの戦争にあるのだろうか。人の命を爆弾と同じ扱いにする特攻なんて、人間として決して許せない！　軍人手帳の冒頭にある「死は鴻毛《こうもう》より軽しと覚悟せよ」とはこの事かと思うと、神の軍隊はなんと情けないものだ！と悔しくてならなかった。

私は天を仰いで慟哭した。

間もなく、特攻隊員の飛行機は基地を出発し、二度と戻ってはこなかった。

この日を境に、基地から毎日のように特攻隊が出撃するようになった。パイロットの数は日に日に減っていき、基地は不穏な空気に包まれた。特にパイロットの動揺は痛々しいほどだった。自分なりに覚悟を決める者、遺書をしたためる者、不安にさいなまれてノイローゼのようになってしまう者などさまざまだったが、最後には皆死を決意して飛び立っていった。

甲種予科練出身で四歳くらい年上のある一飛曹《いっぴそう》（一等飛行兵曹）は、三日後に特攻隊の出撃を控えて、死を決意することに、ものすごく苦労していた。まだ十七歳だった私は、そんなに死が恐ろしいのならなぜ甲種予科練なんかに入ったんだと思った。俺は貧乏で旧制中学校に入れなかったから、甲種予科練は受験すらできなかったというのに。本当に往生際の悪い奴だと思っていた。

そんな彼が、私の所に別れの挨拶に来た。私は彼にニッコリと笑顔をつくって、

「人間はこの世に生を受けた以上、必ず死に直面する。俺たちの場合は、その死が少し早いか遅いかということだ。いずれ靖国神社で会おう」

と激励してやった。彼は何も言わず、ただ寂しそうな顔をして帰っていった。

その翌日、ひとりの女性が生後間もない子どもを背負い、一飛曹の軍服にすがりついて泣いているのを目にした。

「あなたが死んだらこの子はどうなってしまうのですか。お願いです、この子のためにも絶対死なないで！」

と哀願している。彼はただじっと立ちつくしていた。

一飛曹には妻子がいたのだ。そうと知らずにあんなことを言った俺が悪かった。できることなら、俺が身代わりになってやりたいと思った。そして何度も戦闘指揮所に足を運んで、一飛曹に代わって出撃させてくれるように司令に頼み込んだ。しかし、そのような勝手な行動は絶対に許されなかった。

特攻隊など、独身者だけ集めてやればよいのだ。最愛の妻子を残して飛び立つ無念さはいかばかりであろう。
彼は翌日、壮烈果敢《そうれつかかん》な体当たりでこの世を去った。

特攻隊は米軍に莫大な被害を与え、最初のうちは相当の恐怖と混乱をもたらしたが、やがて圧倒的な対空砲火《たいくうほうか》と護衛戦闘機の迎撃によって、特攻機は敵艦に体当たりする前に撃墜されるようになり、実質的にほとんど効果が上がらなくなった。それでも日本軍は、終戦まで特攻一本で立ち向かうより他に作戦がなかった。台湾では百三十四人もの若い命が南方の海に散っていった。

生死の境

一時は太平洋全体に広がっていた日本の戦線は、ミッドウェー海戦の敗北を契機に縮小の一途をたどっていった。昭和十九年十月、米軍がついにサイパンに上陸した。制空権を失い補給の道を断たれたサイパンは、なすすべなく玉砕した。私の通信学校高等科への入校も、戦況の悪化を理由に延期されていた。私が特攻隊の出撃を見送りに行った数日後、索敵を任務とするこの東港航空基地も一旦閉鎖して横浜の八〇一空に撤退することになった。

敵機からの攻撃を避けるため、撤退の一番機は早朝五時に出発すると決まった。それでも無事横浜に到着できる保障はなかった。むしろ、途中敵機に撃墜される可能性が高い。だから敵の警戒が薄い一番機に隊員たちは乗りたがった。台湾の東港航空基地も、もはやいつ攻撃されるかわからない危険な基地となっていた。

一番機に乗れるのは四十人。

「撤退する一番機で帰れる奴は一体誰だ」

「やはり班長のメンコが最優先なのか」

そんなうわさ話が飛び交った。私は美浦班長から呼び出しを受け
「一番機で八〇一空に帰れ」

という命令を受けた。喜びが湧いたが、それはひた隠しにし、同僚には
「最後まで基地に残って、基地を守りたかったのに残念だ」

と強がりを言った。


撤退当日はおだやかな天候だった。

準備は順調に進み、隊員たちが続々と飛行機に乗り込んだ。出発の直前になって最後に乗り込んできた操縦士の様子がおかしい。ろれつが回らない程泥酔し

ているのだ。

出発する前日の午後七時頃から、この一番機の操縦士を含む隊員が祝い酒を飲みはじめ、深夜十二時頃になっても飲酒を止めないで騒いでいたので、当直将校が廻って来て
「貴様ら！　今、何時だと思っている！」

と大きな声で怒鳴られ、しぶしぶ飲酒を止めた。だが、ベテランで腕に自信もあった操縦士は密かに一人で飲み続けていたらしい。

ふらふらとした足取りの操縦士の様子に、さすがにこれはやばいと思った。同僚の顔を見渡すと、皆一様に不安な顔をしている。機内はしんと静まりかえった。

この操縦士を交代させる権限は、飛行司令しか持っていない。操縦士が酔っていようが大けがで死にかけていようが、飛行司令がやれと言ったらやるしかなかった。軍隊においては上官の命令は絶対である。好むと好まざるとに関わ

らず、命令されたらそれを素直に受け入れる義務が課せられていた。機内にいる者は誰も「操縦士を交代させろ」と言える立場になかった。

それと同時に、特攻で戦友が華々しく命を散らしていく中、

「命の危険がありますから、私は死にたくありませんから、パイロットを変えてください」

などとは言えなかった。

泥酔の人間が操縦する飛行機がどうなるか、火を見るより明らかだ。今度こそ私は死ぬと思った。自分ばかりではなく、同乗の隊員も押し黙り、めいめい死を覚悟しているように見えてならなかった。

こんなときは、次から次と普段考えたことのない嫌な想いが脳裏を駈けめぐる。人間は死にたいと思っても死ねない。生きたいと思っても殺される。この飛行機も、無事横浜に到着できる保障は何一つない。いやむしろ、途中敵機に撃墜される可能性が高い。この世に生を受けた者は必ず死ぬ。「生者必滅《しょうじゃひつめつ》」。早い

か遅いかの問題だ。死んだら靖国神社だ。七歳のときにこの世から去った母が、寂しいので早く来いと呼んでいるのに違いない。

今あるこの現実を宿命として何とか受け入れようとした。しかし、受け止めきれるものではなかった。

ああ、特攻隊の隊員たちも、このように考えていったのだろう。

エンジン音に揺れる輸送機の中で、ふとそんなことを思った。そのとき。

「氏家、いるか。お前は降りろ！」

いきなり美浦班長が扉を開けて入ってきて私に向かって怒鳴った。一斉に機内はざわつき、視線が私に集まった。

「なぜ氏家が…」

などとつぶやき、恨めしいような顔で私を見ている者がいた。ただ卑怯者と思われたくない一心で

「嫌です。ここにいる同僚たちと運命をともにします。いくら班長の命令でも

俺は絶対に降りません！」

「馬鹿もん！　上官の命令が絶対だ！」

班長に顔面を何度も強く殴打され、胸ぐらをつかまれて機内からひきずり出された。私は訳がわからぬまま、同僚の無事を祈りながら一番機を見送るしかなかった。


やがて約四十人の隊員を乗せた一番機は水面を離れ、無事に飛び上がっていったと思った瞬間、突然火だるまになって墜落した。ズドーンとものすごい音が響きわたり、衝撃が地面を走った。

予想していたとはいえ、あの機にそのまま乗っていたらと考えると背筋が凍りついた。

ああ、俺は助かった。運命のいたずら、という言葉は、こんなことを言うのか。

あたりが騒然とするなか、私はしばし立ちつくした。

飛行機は基地から三十キロ程離れた海岸に墜落していた。もうもうと煙が立ち上り、火がくすぶり続けていた。機体の破片があちこちに散乱し、大きなプロペラが不気味な格好で波打ち際に突き刺さっていた。肉の焦げる臭いが立ちこめ、墜落の衝撃で体が引き裂かれたり、焼けただれた死体が無残な姿をさらしていた。

先ほどまで一緒にいた同僚が、何人も変わり果てた姿で見つかった。自分もあと少しでこんな姿になっていたのかと思うと、いたたまれなかった。こんな死だけは嫌だと心底思った。

必死の救出活動もむなしく、四十人中生存者はわずか四人だった。

生存者は基地に収容され、遺体は毛布にくるんで、空家になっていた海軍の将校官舎まで運んだ。そこで上官から、私ともう一人の同僚の二人で遺体運搬車が到着するまで見張りをしろと命じられた。

残された我々は官舎に入った。そこには信じられない光景があった。

多数の死体の中に生存者が取り残されていたのだ。見ると、泥酔していた操縦士であった。腸をやられたのだろう、腹からどくどくと真っ赤な血が流れていた。出血がひどく、助からないと軍医に見捨てられたということが、私の目にも明らかだった。

操縦士は苦しみのあまり叫び続けた。

「腹が痛い！　殺してくれ！」

「貴様らっ、武士の情があるなら俺を殺せ！」

苦痛とともに語気も荒くなり、最後は
「さっさと殺せ！　馬鹿野郎！」

とふりしぼるような叫びになった。

その姿を見ていたら、どす黒い怒りがわき上がってきた。

元はといえば、すべてお前の責任ではないか。不安になるのは皆同じだ。お前が酒に逃げたせいで、何人の命が失われたと思っているんだ。楽にして欲しいのなら、楽にしてやる。

その辺に転がっていた日本刀を手に取って構えた。鞘《さや》は焼けているが刃はギラギラと光り、十分に切れそうだ。首に狙いを定めて振り上げた瞬間、

「待て、それはまずい」

ととっさに手を止めた。上官に暴言を吐いただけでなぶり殺されてもおかしくない軍隊だ。どんな理由があろうとも、上官を殺してはおしまいだと強く思った。私は振り上げた日本刀を下ろした。

操縦士は「殺せ」と叫び続けたが、その声は次第に小さくなり、最後は眠るように息をひきとった。

それからほどなく遺体を運搬する大八車《だいはちぐるま》が到着した。一人ひとりの遺体を新

品の毛布にくるんで、大八車に積み込んだ。まだ温かい操縦士の遺体をくるんでやると、新品の毛布が血で赤く染まった。

大八車を水牛に引かせて官舎から少し離れた野っ原のようなところへ行った。遺体を乗せた車からは血がポタポタと流れ落ち、車が通った後には真っ赤な血の跡が続いていた。深さ一メートルくらいの大きな穴を掘って、遺体を一つひとつ丁寧に並べた。上から土をかけて埋め、盛り土をして小さな山をつくり、一本の杭をポツンと立てて墓標の代わりとした。四十人近くの遺体を全部埋葬するのには、かなりの時間がかかった。

後になって、美浦班長になぜ私を一番機から降ろしたのかと尋ねると

「ただ何となく。…お前だけでも…いや…」

と、困惑した様子で言葉を濁した。もしかしたら、班長は泥酔した操縦士の様子を見て、私を助けてくれたのかもしれないと思った。しかし真相はわから

なかった。

人間は生きたいと思っても殺される。死にたいと思っても死ねない。極限状態の私を救ってくれたのは〝何となく〟という気持ちだけだろうか。怒りで我を失っている中、冷静な気持ちを取り戻せたのは、運命のいたずらに翻弄されただけだろうか。いつも私を気遣い、大切にいたわってくれた母の心が救ってくれたのだろうか。

人の生死を分かつ虚しさ、憐れさを感じた。

東港基地空爆

横浜に撤退するはずの二式大艇が操縦士の操縦ミスにより墜落し、乗っていた戦友のほとんどが命を落とした。この大事故によって撤退計画も延期となっていた。

私も一時は死を覚悟したが、美浦班長のおかげで九死に一生を得た。命を救ってくれた班長に感謝の念が絶えず、次は班長を俺が守る番だ、そう強く決心して、さらに誠心誠意班長の世話に励んだ。

事故から数日後、班長に恩返しをする機会が訪れた。班長が喧嘩に巻き込まれ、相手の振り回した棍棒を右足のスネに受けて複雑骨折し、全く歩けなくなってしまったのだ。

班長が喧嘩に巻き込まれたと聞くと、私は人波をかき分けて、足を抱えてうめく班長に駆け寄った。

「班長、しっかりしてください！　今軍医の元にお連れします」

班長を背中におぶって軍の病院に向かった。毎日そばに仕えていながら、命を救ってくれた大恩人の班長をこんな姿にしてしまった。班長に申し訳ない気持ちでいっぱいになり、私は大声をあげて泣いた。

それからは班長のそばを片時も離れず、つきっきりで看病した。大小便の処理は勿論、足をもんだりさすったり、夜は添寝をして、班長の容態に気を配った。昼夜の区別無く献身的に介護をしたが、眠いとか辛いとは不思議と思わなかった。

自分と班長との心の絆は、日増しに大きくなるばかりだった。しかし、複雑骨折の足はなかなか回復しなかった。

「この基地は、近く大規模な空爆を受けるかもしれない」

との噂が飛び込んできた。いよいよここまで戦火が広がってきたか。でも一度死んだ自分にはもう恐ろしいことはない、じたばたしたって仕方ないと、私は開き直っていた。しかし、それが甘かったということをすぐに思い知ることになる。

噂は現実のものとなった。台湾沖の地平線の彼方から、多数の米軍機が編隊を組んで高雄の軍港の方に向かって行くのが確認されたのだ。間もなく、堂々たる編隊が一斉に軍港へ爆撃を始めた。鈍い大きな爆撃音が大地を震わせて轟き、東港航空基地にまで及んできた。基地のサイレンが唸り出し、「勤務以外の兵士は、ここから約三キロ離れたバナナ畑にある防空壕に避難せよ」との命令が出た。三千人近い兵士が、一斉に避難を始めた。

そのとき私は班長の衣類を洗濯していた。空襲警報が鳴り響く中、私は一回死んだ身だ、二回も三回も死ぬ筈がない、それに今日は助かっても明日は死ぬかもしれん、などと半ばやけくそになって洗濯を続けていた。

「そんな所に居たら危ない！　早く避難しろ！」

私に呼びかける美浦班長の大声が響いた。私はハッと我に返った。班長が取り残されているなんて！　私はどうなってもいいが、命の恩人だけは守らなければ！

私は急いで兵舎に戻り、班長を背中におぶって一目散に防空壕に向かって走った。頭上ではグラマン戦闘機が私たちを狙って機銃を撃ち始めた。弾が降り注ぐ中、私は班長を気遣いながら必死に走った。

「危ない危ない！　氏家、無理だ。隠れろ！」背中で班長が叫んだ。私は班長を背負ったまま窪地に飛び込んだ。

戦闘機のエンジン音と、早鐘のように打つ自分の心臓の音だけが聞こえていた。見つかったら終わりだと思った。私たちを見失ったグラマンはしばらく頭上を旋回していたが、二人とも撃たれて死んだと思ったのか、やがてグラマンの姿が見えなくなった。

爆撃の間隙を縫い、班長を背に三キロの道のりを走り、やっとの思いで防空壕にたどり着いた。しかし防空壕は既に満杯で、入る余地がなかった。班長だけでも何とか中に入れてくれと頼んだ。すると、

「馬鹿野郎！　今頃のこのこやって来て、入れてくれとはなんだ！」

と入り口にいた兵士が怒鳴り声を上げた。

「負傷者を背負ってここまで来たのに、なんだ、その言い草は！」

兵士を防空壕から引きずり出して顔面を五、六回、握り拳で思い切りぶん殴った。そしてその男の代わりに班長を防空壕の中に入れた。

私は少し離れたバナナの木の下で敵機の行方を見守っていた。グラマン戦闘機の編隊はしばらくの間しつこく上空を旋回していたが、やがて台湾沖に飛び去って行った。

これで終わりか、と胸をなで下ろした。防空壕からも次々と隊員が出てきた。しかし次の瞬間、再び爆撃が始まった。

どこから来た戦闘機なのかまったくわからなかった。バナナの木が爆風で空高く舞い上がり、百ヘクタールもあるバナナ畑が黒煙を上げて焼き払われていく。爆撃はじりじりとこちらに向かって進んで来た。

私はとっさにバナナの木を離れ、少しばかりの凹地《くぼち》に飛び込んだ。少しでも身を隠そうとうつ伏せになった瞬間、右腕全体に金槌で殴られたような衝撃が走った。右肩が燃えるように痛み、生温かいものが流れてくるのを感じた。爆音が遠のくまで、凹地にはいつくばって耐えた。

右腕を動かしてみようと思ったが、激痛が走って全く動かせなかった。右肩に左手を這わせたら、二本の指が傷口にベロベロと入っていくような感触がした。

とうとうあの世に行くのかという思いとともに意識が遠のいていった。

第六章　傷病兵

生ける屍

何時間たったかわからない。

気がつくと爆撃は止み、辺りは静まり返っていた。そろそろと起き上がって周囲を見渡すと、何千、何万本もあったバナナの木が一本も見当たらず、死体が横たわっているばかりであった。かろうじて息がある者もいたが、真っ赤に焼けた爆弾の破片が体中に突き刺さり、うめき苦しんでいた。

右腕を抱えてうめいていると救助のトラックがやって来て、私はそのまま高雄の海軍病院に送られた。爆撃で負傷した重病者をいっぱいに乗せた古い軍のトラックに乗せられ、傷の痛みをこらえながら何時間もトラックに揺られて、ようやく高雄海軍病院に着いた。

高雄海軍病院は傷病人でごった返していた。入院患者が定員の二倍以上にもふくれ上がり、ベッドを与えられない負傷兵が建物の至るところにあふれていた。薬や包帯など医療物資は極端に不足し、患者はろくに治療も受けられないまま寝かされていた。傷口から膿がドロドロ流れている者が痛みにうめいていた。

病院とは思えない悲惨な光景にしばらく呆然としていた私は、一階の中央廊下の片隅に小奇麗なベッドがあるのに気がついた。向かい側のベッドには全身を包帯で覆われ、死んだように寝ている患者がいる。喉の軟骨の部分が少し露出し、そこでヒーヒーとわずかに呼吸をしているような状態だ。右側のベッドには、もうろうとしながら何事か小声でつぶやく負傷兵がいた。

患者であふれんばかりの院内で、そのベッドだけがポツンと空いている。不審に思って見ていると、看護婦が

「そのベッド、空いていますよ。よければご利用ください」

と声をかけてきた。看護婦のやけに丁寧な言葉遣いが不自然だった。因縁づきのベッドか、とピンときた。しかし、疲労が限界に達し、生きる気力も失せていた私には取るに足りないことだ。遠慮なく使わせてもらうことにした。

海軍ではハンモックを寝床としていたので、久しぶりのベッドの感触はとても心地良かった。ベッドの上に大の字になってぐっすりと眠った。わずかばかりだが食事にもありつけた。腹が少し落ち着き、疲れた体をゆっくりと休めようと再び横になった。しかし疲れが少し和らいだせいか、それとも職業柄か、どうもうまく眠りにつくことができない。そのうち頭の中ではモールス符号音が鳴り始めた。

「ツーツー・トントン・トン・ツー…」

断続的に続く音に加え、それまで気づかなかった周囲の物音も耳に入ってきた。ろくな手当てもされないまま放置された患者たちの苦しいうめき声が耳もとに集中して、ますます眠れなくなってきた。モールス音とともに様々な幻覚が走馬灯のように去来し、最後にそれらは「地獄」へとつながっていった。

私のベッドだけが空いていた理由も深夜になってわかった。

「ホーホー…ホー」

変な音で私は目が覚めた。何だろうと辺りを見ると、私の向かいに寝ていた患者が上半身を起こし、私に向かって「ホーホー」と押し殺したような声で叫び、何かを語りかけているのだ。

全身に巻き付けられた包帯のあちこちから血とも膿ともつかない肉液がこぼれ落ち、死を待つだけと言わんばかりの男が上半身を持ち上げ、私に何かを語りかけようとしている。包帯でぐるぐる巻きにされた顔から表情は伺えないが、隙間からのぞく両目はギラギラと光っていた。

深夜に浮かび上がる包帯だらけの姿は幽霊のように不気味で、泣き声ともうめき声ともつかぬ訴えは延々と続いた。そしてこれが毎晩続くのだ。さすがにこれには参ってしまった。看護婦に勧められるままベッドに入ったことを後悔した。

しかし、幾日かたつうちに、あの空爆でもしかしたら私もこのような姿になっていたかもしれないと思ったら、わずかに親近感が湧いた。勇気をふりしぼって少し話しかけてみた。

「あなたのお名前は？」

側に行って耳元で尋ねてみたが、何度言ってもさっぱり応答がない。そこで深夜ホーホーと言われる度に

「ありがとう、ありがとう」

とくり返し答えてみた。すると自分の気持ちが私に通じたと思ったのか、それきり深夜の叫びはなくなった。

右のベッドの負傷兵は、先日の爆撃で背中を負傷してこの病院に運ばれてき

たということだったが、看護婦が彼の包帯を取り替えるのを見て、私は愕然とした。五百円玉くらいの大きい穴が三つもあり、そこから黄色い膿がとめどもなく流れ出していた。尻には床ずれができて、そこからも膿が溢れてもの凄い悪臭を放っている。

苦しさをまぎらわすためか、ふりしぼるような声で何度も同じ事を叫んでいた。よく聞くと、奥さんと三人の娘の名前を交互に呼び、

「これからお前たちの所に帰るぞ、待っていてくれ」

と言い続けていた。悲哀に満ちた彼の言葉を耳にするたびに、今は亡き母や手紙で励ましてくれた父の姿が浮かんできて、私も一緒になって涙を流した。

愛する家族を残して、遠く離れた戦地で大怪我に苦しむ心情を思うと、同情心を抑えきれなくなった。私は、無二の親友からもらって大事に取っておいた砂糖飴の大きな袋を

「家に帰ったら、奥さんとお子さんで分けて食べなさい」

と彼の手に握らせた。すると彼はかすかな笑みを浮かべてつぶやいた。

「この飴はおいしいよ。たくさん食べなさい」

子どもたちに話しかけているようだった。袋を握りしめて何度もつぶやく姿が哀れだった。早く元気になって家族のもとに帰れるよう願わずにはいられなかった。


十日間程の入院中、一度だけ空襲があった。

深夜、空襲警報のサイレンが不気味な唸りをあげて病院に響き渡った。

「一人で避難できる患者は、玄関前の防空壕に避難せよ」

という指示が出た。歩ける患者はわれ先にと避難し始めた。私も指示通りに防空壕に逃げ込んだ。続々と患者が防空壕に入ってくるが、歩ける患者ばかりで重症患者は誰一人として防空壕に運ばれてこない。どうやら放ったらかしにされているようだった。

歩けない者は見捨てるというのか。無性に腹が立ち、右のベッドに寝ていた負傷兵を助けに行こうと立ち上がった。

その瞬間、焼夷弾の爆発音が轟き、いつも私に親切にしてくれていた看護婦が泣き叫びながら私の体にすがりついてきた。

「怖い！　お願いです、このまま離さないで！　私を抱いていて！」

「邪魔するな！」

看護婦が怪我人を見殺しにして逃げてきたのかと思うと、無性に腹が立った。家族が待っているあの傷病兵だけでも避難させてやりたい。俺が助けに行こう！　看護婦を左手で突き飛ばして、防空壕を出ようとした。

「出るな！」

「死にたいのか！」

「助けに行ったところでどうせ助からない命だ、諦めろ！」

と、周りの人間に必死に押しとどめられた。

振り払おうと右手を動かしたら悲鳴を上げる程痛い。私は何もできないまま、防空壕の中で爆撃音を聞くしかなかった。

取り残された患者がどうなったか、私は知らない。

病院という地獄

昭和二十年一月の初旬、別府に向かう病院船「高砂丸《たかさごまる》」が高雄の軍港を出発した。高雄海軍病院は空爆でその機能を失い、私は大分県にある別府海軍病院へ転院することになったのだ。「高砂丸」は一万トン級の大きな船で、看護婦や衛生兵が数多く乗船し、病院の機能を備えている。戦後は外地からの引き揚げ船として約十年使われた。

乗れる限りの傷病兵を詰め込んだ船内はすし詰め状態で、船室はおろか、廊下までいっぱいになっていた。多くの負傷兵は鉛の弾丸が体内に留まっていて、傷口からは膿が止まらず、船内にはもの凄い悪臭が漂っていた。その中で看護婦が忙しく立ち働き、手際よく怪我の処置や包帯の交換をしていた。

出航して間もなく、衛生兵が私を呼びにきた。軍医の診察があるからすぐ診察室に来いと言う。やっとまともな処置が受けられる。ギプスで固定され、二カ月もすると治るだろうと思い、喜んで診察室へ向かった。

診察室の前で衛生兵に、名前を呼ばれるまで待てと厳しい口調で言われ、扉の前で待っていた。すると突然、診察室の中から男の悲鳴とうめき声が聞こえてきた。大の男が発しているとは思えない、もの凄い声である。

一体どんな治療が行われているのだろうか。不安がこみ上げてくる中、私の名前が呼ばれた。

恐る恐る部屋に入ると、一人の患者が何人もの衛生兵に押さえつけられて治療されていた。先ほどの悲鳴はこの患者から発せられていた。鉛の盲管銃創弾を数発受けて半分以上腐ってしまった右足を切断されている。尋常ではない苦しみ方にあっけにとられた私に、そばにいた衛生兵が
「麻酔なしなんだ。麻酔が絶対的に不足していて、命を救うためには麻酔なしで手術をするのもやむを得ないという軍医の判断だ」

と教えてくれた。この世のものとは思えない悲鳴が部屋に響き渡り、切断手術が終わると同時に声は途絶えた。見ると彼は意識を失っていた。

次に私の番になった。軍医は私の肩を見るといきなり、弾が貫通した傷口に針金のような器具を深く挿入し、傷口に弾の破片や砕けた骨が残っていないか突き回した。想像を絶する痛みが体中を駆け抜けた。

「痛いと声を出したら、肘の所から切断しろ」

と軍医が衛生兵にささやくのが聞こえた。

ここで声を上げたら私も麻酔なしで腕を切り落とされる。口を堅く引き結び、

歯を食いしばって耐えた。しかし、右肘と手首をつかまれて、おもちゃのようにぐにゃぐにゃと捻られたときにはあやうく悲鳴を上げそうになった。死んでも声を上げてなるものか！　気力だけで拷問のような診断に耐えた。しかし、傷口をえぐられる痛みに頭の中が真っ白になり、視界も狭まっていくようだ。もうこれ以上はだめだと声を出そうとした瞬間、

「お前は別府の海軍病院でギプス固定をしてもらえ」

軍医は言って、私を解放してくれた。私はもはや失神寸前であった。

やっとの思いで右腕切断を逃れた私は、腐敗臭のたちこめる診察室を出てそのままデッキに出た。新鮮な空気を胸いっぱいに吸い込んだ。冷たい風が心地良く頬を撫でていった。目の前には大海原が広がり、西の空には真っ赤に燃えた夕陽が沈みつつあった。

船の後方から、切れ切れに水葬のラッパ音が聞こえてきた。船の中で死んだ

者は海に流して水葬される。行ってみると汚い毛布に包まれた遺体が海に葬られるところであった。遺体を見てあっと息を飲んだ。爆撃以来消息がわからなくなっていた、私の右側にいた負傷兵だった。

患者が痛みに苦しんだまま捨て置かれ、何人もの患者が精神に異常をきたした。本来は人を救う場所が別な世界となってしまっていた。

海底深く沈んでいく死体を見送りながら、ここも地獄だと思った。

軍医の心

台湾の高雄を出発して三日目、病院船高砂丸は敵の攻撃を受けることもなく、無事別府に着いた。しかし、航海の途中、突然、非常ベルが不気味に唸り、

「警戒せよ。この船は、いつ敵の潜水艦の攻撃を受けるかわからない状態にある」

という警報が出された。このときは、病院船を攻撃するとは何事だ！　と思ったが、怒りよりも「またか」というやるせなさが先に立った。

毎日が緊張の連続で、心身とも極限状態で別府の港にたどり着いた。久々に踏む日本の大地だと思うと、故郷に帰って来た喜びで胸がいっぱいになった。

下船した患者はその日のうちに別府海軍病院に入院した。ベッドの割り当てや身辺整理があわただしく行われた。やっとここでまともな治療が受けられると思うと、張りつめていた気持ちが和らいでいくようだった。

翌日から本格的な治療が始まった。患者は五〜六人まとめて診察室に入れられ、順番に治療を受けた。最初に手術台に上がったのは右足の上甲部を撃たれ、弾丸一個が留まっている患者である。仰向けに寝かされ、両足を頑丈な革のバンドで強く固定された。軍医は透視で弾丸の位置を確認し、いきなり傷口に細く鋭い鋏を差し込んで弾丸をえぐり出した。ここでも麻酔なしである。患者の悲鳴はこの世のものとは思えない。

次の患者は足が腐りかけていて、付け根から足を切断された。目に傷を受けた患者は眼球を引き抜かれた。もちろんすべて麻酔なしであった。

私は高砂丸の軍医の指示通り右腕をギプス固定してもらったが、それでさえ我慢できないくらいの痛みを伴った。

麻酔をはじめとする医療物資の不足は台湾の病院だけでなく、日本本土にまで及んでいた。命をながらえるためだけに行われる治療は悲惨極まりなく、毎日のように地獄の悲鳴とうめき声が診察室から響いていた。

病院では痛みに加え空腹にも苦しめられた。

食事は茶碗に一杯の飯と薄い汁だけである。大人の胃袋を満たすにはほど遠く、若い患者はもちろん、ほとんどの患者が一日中腹をすかせていた。私は十七歳の育ち盛りで、一日中食べ物のことしか考えられなかった。あるときは、隣のベッドの人がうまそうに大豆を食べているのを見て、食べたくてたまらなくなった。どうしてもと頼み込んで、大事な時計と一握りの大豆を交換してもらったことさえあった。

「何でもいいから食べたい」と病院を抜け出して近くの浜へ行き、目に入る食べ物は何でも口に入れていた。しかしろくな食べ物は見当たらず、あるのは海草くらいなもの。この海草でも、食べられるものは断崖絶壁のようなところにしか密集していない。怪我した右腕をかばい、左手だけを頼りに六メートル程の断崖絶壁を這うようにして下りて、岩に張りついている海苔を必死で取ろうと手を伸ばした。あと一メートルくらいと思った瞬間、体全体のバランスを失い約六メートルの高さから海岸の大きな岩場に滑り落ちた。大きな石と石との間の二メートルくらいの深い所にズボンと落ちた。服はずぶぬれになったが、奇跡的に無傷だった。

私は自分の体より、白衣を汚してしまったことが気になった。ただでさえ物資が不足しているのだ。病院を抜け出して白衣を汚せば、絶対に看護婦に叱られる。目の前が暗くなる思いだった。とぼとぼと病院に戻った私に、担当の看護婦は叱りもせずに、黙って新しい白衣を差し出してくれた。なぜおとがめもなく済んだのかと不思議に思えてならなかったが、その夜彼女はこっそりと私のベッドに忍んできて、お菓子をいっぱい差し入れてくれた。彼女は私の事を好いていたのだとそのときわかった。

彼女はことあるごとに親切に世話をしてくれて、ずいぶん特別扱いをしてもらった。彼女とはその後いろいろなことがあったが、自分一人の胸におさめておこうと心に決めている。

昭和二十年二月末。軍医から右腕のギプス固定を解除すると言われた。不自由な生活からやっと開放されると思うと嬉しくて仕方なかったが、ギプスを外す直前に、

「君の右腕は貫通銃創による撓骨《とうこつ》、尺骨《しゃっこつ》の複雑骨折だ。骨が完全に接着していないときは、右腕を肘から切断する」

と軍医から言われた。

治っていなかった場合、新たにギプスを付け直すのがもったいないというのだ。こんな馬鹿な理由があるだろうか。喜びから一転して、不安のどん底に突き落とされた。

ギプスが外され、透視で確認したところ、貫通銃創で十センチも離れていた骨が、少し曲ってはいたが奇跡のように見事に接着していた。軍医も満足げな顔をして私を見つめた。

嬉しさのあまり軍医に涙を流しながら何度もお礼を言った。軍医は急に涙に顔をゆがめて

「ありがとう…。俺だって毎日、心を鬼にしてやっている」

と悲哀に満ちた声をふりしぼるように言った。

毎日地獄の鬼のような処置を施す軍医も人間だ。戦時中でなかったら、こんな治療は絶対にしないはずだ。医療品や物資が不足する中で、大勢の負傷兵を治療をするため、表面には決して出すことなく、最低限の治療しかできないもどかしさ、患者の苦痛の叫びに耐えていたのだとわかった。

軍医の心の中が垣間見えたような気がした。

第七章　故郷へ

原隊復帰

それから一週間後、私は八〇一空へ復帰した。

八〇一空に戻っても、すぐに勤務に復帰できるわけではなかった。ギプスで固定されていた右腕の手首と指の関節が固まってしまって曲らない。軍医にリハビリ次第で元通りになると言われ、ノートに一から十までの数字を書くよう指示された。早く治したくて、毎日懸命にノートに数字をつづった。

リハビリのおかげで、右手はわずかずつではあるが回復しているようだった。しかし、勤務に復帰するには程遠かった。モールス符号の送受信のスピードが極端に遅くなっていた。モールス符号がわかっても、書く方が追いつかないのだ。

いくら練習を重ねても、思うように右手が動かず、書くのが追いつかない。

せっかく復帰できたのに、このままでは除隊されてしまうのではないかと思うと、不安で仕方なかった。苛立ちのあまり、鉛筆を床に叩き付けることもしばしばだった。

先輩隊員は

「もう少し我慢しろ」

「心配するな。一カ月もリハビリしたらすぐ元に戻る」

「第一線を経験したらずいぶん貫禄が出たな。今はゆっくり休め」

などと慰めてくれたが、かえって焦りがつのるばかりであった。

いくらリハビリをしても、もうこれ以上直らないのではと悲観的になっていたある日、中隊長に呼びつけられた。ついに除隊命令が下されるのだと思った。最悪の展開を思い浮かべながら、恐る恐る中隊長の部屋に行った。扉の前に立つと、不思議と心が落ち着いて肝が据わってきた。

ここまできたら天命を待つしかない。どうなろうとかまわない、どうせ死ぬはずだった命だ。最後は開き直りにも似た気持ちで中隊長の部屋に足を踏み入れた。

「君はこれからの日本海軍を背負って行く人材だ。受信や送信の技術はすぐ元に戻る。右腕が完全に治るまで鳥取県の米子市にある送信所で、無線通信全般の技術を会得してもらいたい」

不動の姿勢で室内の敬礼をする私に、中隊長は笑みを浮かべて言った。そして「海軍水兵長」の階級章をくれた。思いもかけない昇進に信じられない気持ちだった。これからの日本海軍を背負って行く人材などと言われ、心が宙に浮いていくようだった。階級章を握り締め、喜びをかみしめた。

水兵長

昭和二十年五月一日付で私は海軍水兵長に昇進し、鳥取県の米子送信所に向かった。道すがら、右腕に縫い付けた水兵長の階級章を眺めながらこれからのことを考えた。思うように動かない右手に不安を感じていたが、「水兵長」という階級が大きな支えになってくれた。

米子送信所には約五十人の隊員がいたが、私より上の階級は技術将校が一人、二等兵曹一人、一等兵曹一人の三人だけであった。技術将校は送信機の整備点検が主たる任務で、将校といえどもそれ以外のことについては一切、口出しできない。二名の兵曹は総括的な責任はあったが、第一線で活躍してきた中堅幹部候補生で、高等科練習所に入所が約束されている私にはあまり偉そうなことは言えなかった。従って、私を叱りつける上官は事実上いなかった。私は無線通信全般の技術を会得するために米子に配属されたのだが、実際には四十六人の部下を抱え、十八歳にして、彼らを鍛える立場になった。

私は、階級章の威力を笠に着て部下を理不尽にしごいたり、精神棒で尻を殴ったりしないと心に誓った。これまで上官からさんざんひどい仕打ちを受けてきた。だが、上官になったとたん今までの腹いせとばかりに同じ仕打ちをするのは馬鹿げたことだ。精神棒を尻に叩き込むのは本当の厳しさではない。私は私のやり方で部下を鍛えるのだ。

第一線で勤務する心構えを説いたり、モールス符号の送受信の技術向上について教えてやったり、電波について詳しく講義した。部下一人ひとりに正面から向き合い、叱ったり、諭したり、一番伸びる方法を考えて指導した。

「やはり第一線で活躍した方はすばらしい」

「本当に何でもよく覚えている。やはり中堅幹部の試験に合格した人は、若くてもすばらしい」

などと賞賛され、部下に慕われるようにもなった。軍人としての生活に生き甲斐を感じ、最高に充実した勤務であった。右腕が完治するのが惜しいと思うほどだった。

しかし、そのような穏やかな日々は長くは続かなかった。

米子に配属されてから一カ月ほどが経ち、季節は夏になっていた。

グラマン戦闘機が毎日のように飛来し、地上すれすれまで降下して猛烈な機銃掃射をして、悠々と帰っていくようになった。以前は空襲はおろか、敵機が飛来することもなかったというのに、一体どうしたことだろう。日本軍を小馬鹿にしたように自分勝手に飛び回るのに、日本軍はさっぱり応戦しない。

「上官殿、わが軍はなぜこんな奴らを見逃しておくのですか！」

と腹立たしさをあらわに将校に問いただした。

「迎撃しようにも、この辺りの基地には、もう戦闘機が一機も残っていないのだ。しょうがないんだ」

将校の無気力さに腹が立つとともに、戦力の低下に愕然とした。

夜には米軍の艦砲射撃が始まり、市街地が爆撃された。爆弾が炸裂する音が数キロも離れた送信所まで聞こえ、窓ガラスが破れんばかりにバリバリと鳴動した。いいように攻撃されながら、応戦できない日本軍が情けなかった。


日本の主要都市が空襲で焼かれ、「本土決戦」の言葉もささやかれるようになっていた。女性や子どももかり出され、竹槍で敵を突く練習をさせられた。国民皆兵、一億玉砕が叫ばれ、お国のために死ぬのが当然と思っていたのだ。

八月に入り、激しい本土空襲が毎日のようにあった。最初は不安で眠れなかった艦砲射撃の爆撃音にも慣れてしまった。日本の主要都市が次々と空襲を受け、ついに首都東京まで焼け野原と化した。それでも日本国民は皆、本土決戦での勝利を信じていた。

こんな毎日が続いたら、日本の国土は一体どうなってしまうのだろう、この戦局をどうしたら打開できるのかと、一人考え込む日々が続いた。攻撃を受けている地域には老人や幼い子どももいるというのに、日本軍は戦力のほとんどを失い、応戦はおろか、国民を守ることすらできないではないか。

そして八月。六日に広島に、そして九日には長崎に新型爆弾が投下され、街は壊滅したことを知らされた。もういい加減にしてくれと、暗たんたる気持ちであった。

終戦

長崎が原爆によって焦土と化した六日後の八月十五日。

正午に玉音放送があると知らされ、隊員全員がラジオを聞くように言い渡された。

私は通信室のラジオでその放送を聞いた。雑音に混じって天皇陛下の声が流れ出した。恐れ多くも〝神の声〟がラジオから流れている。本物の陛下の声とは信じられなかった。切れ切れに続く放送の中「ポツダム宣言受諾」「無条件降伏」の言葉が耳に入ったとき、日本が敗戦したとわかった。放送は続いていたが、私は完全に冷静さを失っていた。

何のために今まで頑張ってきたのか。上司から殴られたり蹴られたり、ときには最低の侮辱を受けても、お国のため、陛下のためと、必死に耐えしのんでここまで頑張ってきた。多くの戦友を失った。敵に体当たりして死んでいった特攻隊員の姿が浮かんだ。すべては勝利のため、国のため、そして何より家族を守るためだったのに、すべては無条件降伏という形で無に帰したのだ。

右腕に付いた水兵長の階級章を眺めていると、悔し涙がとめどなく流れてきた。網走の片田舎から海軍に入り、いずれは艦隊を率いる大将になってやると、大きな夢を描いて青春のすべてをかけて今まで生きてきたのだ。それなのに、すべては泡のように消え去ってしまった。飛び上がるほど嬉しかった水兵長の階級章が、今となってはただ空しいだけだった。

自分も軍人のはしくれだ。敗残兵という看板を背負って郷里になんて帰れるか。靖国神社にいる戦友の所に行きたい。敵船に体当たりする覚悟でいさぎよくこの世を去ろう。

そう腹が決まると急に気持ちが楽になった。張りつめていた気持ちが緩んだせいか、急に眠気が襲ってきた。少し休もうと床の中に入ると、ゆるゆると眠りの世界に落ちていった。浅い眠りの中で、締めつけられるように胸が苦しくなった。目を開けると、そこには母親の姿があった。おだやかな微笑みを浮かべてこちらを見つめている。

「オガッチャン！」

幼い頃のように母の胸に飛び込んだ。母親の胸に手を入れて、しっかりとしがみついた。目頭が熱くなり、涙があふれ出した。母親の温かい胸の中で、私は思いきり泣いた。

「お前はまだこちらに来てはいけないよ。早く家に帰って、社会で頑張りなさい」

優しく語りかけてくれる母の声が胸を通して聞こえた。母の想いが直接伝わってくるようだった。子どものようにむせび泣く私を抱きしめ、頭をいつまでも優しく撫でてくれた。

そこで目が覚めた。母の胸の温もりがこの手にありありと残っていて、夢だと気づくまでにかなり時間がかかった。起き上がるとなんだか妙に清々しい気分になっていた。母は私の中で生きている。そして私に生きろと言ってくれた。母とともに生きよう。この先どんなことがあっても、母は私を見守っていてくれるに違いない。

こうして、私の青春時代のすべてを捧げた戦争は終わった。何百万という尊い命を犠牲にし、生き残ったすべての日本人の中に深い傷跡を残して。

復員

終戦により軍隊は解散させられた。兵隊は復員の途につき、故郷の家族の元へ帰って行った。私はしばらくの間米子市内の下宿先にとどまり、残務整理をしなければならなかった。下宿のご主人は学校教諭で、奥さんと、同じく学校教諭をしている二十歳の娘さんの三人暮しの家庭で、私はとても親切にしてもらっていた。

残務整理をしている間、これからの身の振り方について考えていた。

家業を継ぐ気はないし、母親がいない郷里に帰っても仕方がない。このまま米子に残ろうか。しかし、ここには身寄りもないし、まだ十八歳、嫁をもらう年でもない。あれこれと思い悩んだが、結局「早く家に帰りなさい」との母の言葉に従って網走に帰ることを決めた。

すべての残務を終えた昭和二十年九月十日、網走の郷里に復員することにした。

出発の当日は厳しい残暑で、熱い陽射しが照りつけていた。下宿先の家族は全員で見送ってくれた。下宿での暮らしは半年にも満たなかったが、実の子どものように面倒を見てもらった私は、自分の家族の姿を重ね合わせていた。特に奥さんには無意識の内に亡き母の面影を探していた。たとえようのない寂しさを感じながら別れの挨拶をした。

米子の駅まで、お嬢さんが送ってくれた。お嬢さんは米子の女子高等学校の音楽教諭で、二歳下の私を弟のように可愛がり、母親がいないことを知ってからは、ことさら親切にしてくれた。右腕の包帯を取り替え、溜まった膿をきれいにとり除いてくれた。私の部屋で一晩中、寝ずにそばについていてくれたこともあった。私もお嬢さんを姉のように慕っていた。

いつの間にか私たちの間には姉弟以上の感情が芽生えていたのではないかと思う。別れを惜しむ切ない気持ちがお互いの心にあった。駅までの道を私たちはポツポツとぎこちなく話をしながらゆっくりと歩いた。

「戦争に負けたなんて、まだ信じられないわ。ただあなたが行ってしまうことが寂しくて…」

「そうですね…。でも、私は戦争に負けたことがたまらなく悔しいです」

「網走に帰ったらどうするの」

「帰ってから考えます。とりあえず家業の手伝いでもしますよ、家が農家なので」

「でも怪我がまだ治っていないでしょう。右腕からは今でも黄色い膿がまだたくさん出ているじゃない。そんな体で家に帰って農作業ができるの？」

「…畑をする気はあまりないんです。何とか仕事を探します。海軍出身なら働き口には苦労しないだろうし」

「家に戻ったら親御さんの承諾を得て、また米子にいらっしゃい。私の家でゆっくり治療をするといいわ。米子の方がいい就職先も見つかるわ」

「いえ、そんなご迷惑はかけられないです」

「迷惑なんかじゃないわ。父も母もあなたを息子のように思っているのよ。私も…このまま会えなくなるのは寂しいわ。ね、約束してちょうだい。必ず米子に帰ってくるって」

「…はい、わかりました」

身に余る言葉であったが、敗戦を知らされた地である米子に戻るのは抵抗があった。負けた悔しさがわだかまっていたのだと思う。どうしてもご好意に甘える気にはなれなかった。

米子の駅に着いた私たちは、待合室で話をしながら列車を待っていたが、お嬢さんは急に黙り込んだ。おやと思って見ると、お嬢さんは下を向いて泣いていた。涙の粒がポタポタ落ちるのが見えた。お嬢さんは私の手を両手で包むように握りしめた。涙で潤んだ瞳で私をまっすぐ見つめて、声をつまらせながら、

「ごめんなさい。ホームまで見送りはできないわ…」

と言って、待合室を出て行った。私は黙って小さくなっていくお嬢さんの後ろ姿を眺めていた。

その後、私は米子に戻ることはなく、お嬢さんにも二度と会うことはなかった。

間もなく列車がホームに入ってきた。どの車両も窓が見えなくなるくらいに復員軍人で込み合っている。それでも人々は無理矢理にでも列車に乗り込もうとした。窓から荷物を入れて乗り込んだら、反対側の窓からその荷物を外に投

げ捨てられる者もいた。自分も同じ目にあうのではと不安になったが、窓から荷物を押し込み、何とかその列車に乗り込んだ。

疲労と不安と苛立ちで列車内は騒然としていた。ほどなく復員軍人の間で、実にみっともない騒ぎが起こった。

なぜこんなに満員の列車に乗り込んできたのかという者と、これからは満員でない列車なんてありはしないという者との対立が爆発したのだ。軍人同士、互いに殴る蹴るの大乱闘が延々と続いた。今まで一つの目的に向かって互いに励まし、助け合った仲間が何たる醜態であろうか。情けなくて仕方がなかった。何とかしてこの場を収めなければと焦った。何か痛烈な殺し文句はないものだろうか。

「皆さん聞いてください！　静かに！」

大きな声で何回も叫んだ。

「皆さん！　こんな乱闘がいつまでも続くと、最後には犠牲者が出てしまいます。強い者が生き残って、弱い者が死ぬ。そんなことはこの戦争で嫌という程思い知らされたではありませんか！　このくだらない乱闘をこれからも続けたいというのであれば、中心人物のお命を頂戴いたします。痛くもしません、傷口も残りませんが、必ず死に至る方法で実行いたします！」

最後はドスのきいた言葉で叫んだ。

「これで自分の話は終わりますので、どうぞ乱闘を続けてください」

と結んだら途端に乱闘が収まり、誰一人として私に対して文句を言ってくる者はいなかった。思った以上の利き目だった。

車内はすっかり落ち着いた雰囲気になり、時々あちこちの席から笑い声も聞こえるようになってきた。乱闘の心配もなくなったので、列車の通路に毛布を敷いて眠った。

何時間寝たのかわからないが、途中、広島駅で一緒にいた同僚に起こされた。

同僚に促されて列車の窓から外を見て、飛び上がる程驚いた。

ホームにいるほとんどの人が手、足、顔など、全身いたるところに火傷を負い、傷口からはまだ真っ赤な血が滴り落ちている。原爆の被害者たちだ。家や家族を失い、行先もなく助けを求めて集まってきていると思われた。中には五～六歳くらいの子どももいた。服は燃えてほとんど丸裸で、火傷で全身が赤くただれていた。真っ赤に腫れ上がった顔をピクピクさせて、泣きながら母親を呼んでいた。ホームのいたるところに焼けただれて化け物のような人が倒れていた。生きているのか死んでいるのかもわからない。鳴き声ともうめき声ともつかぬ声がホーム全体を包んでいた。直視できないような本当に酷い光景だった。

日本はどうしてこんな犠牲者が出るまで戦争を続けたのか。こんな小さな子どもにまで犠牲を強いて、この戦争にそこまでの価値があったのか。結局は無条件降伏という最悪の結果に終わった戦いではないか。そんな悔しい思いが次から次と頭に浮かび、涙がとめどなく流れた。

何日も列車に乗り、津軽海峡を越えて北海道にたどり着いた。遠軽を過ぎて、留辺蘂という所に住んでいた姉英子と再会できたことは、生涯忘れられない喜びであった。私の戦争はここで終わりを告げた。

終章　戦後

刑務官として就職

久しぶりに帰ってきた故郷の網走は少しも変わりなく、家も私が海兵団に入るために旅立ったときのままだった。やせた土地にわずかばかりの畑があり、作物が細々と栽培されていた。

私が復員して間もなく、二人の兄も無事復員してきた。私は家を兄たちに任せ、親戚を頼って網走の街へ職を探しに出た。そして昭和二十一年五月初旬、網走刑務所に刑務官として就職した。網走刑務所は明治二十四年六月に、樺戸監獄の分監としてできた監獄だ。

網走刑務所は周囲が海と川で囲まれた天然の要塞地であるため、全国から凶悪犯人が集められていて、集団逃走、同衆致傷、職員致傷などの事件が今日に至るまで数えきれない程発生しているということだった。半分以上の囚人は、罪名の頭に「強」とか「殺」が付いていた。「強」の方は、強盗、強盗致傷、強盗殺人、強盗強姦、強姦致傷、強姦殺人。「殺」の方は、殺人、殺人未遂、殺人死体遺棄、尊属殺人などだ。他に常習累犯窃盗、常習賭博罪等など「常」という字がつく罪名の囚人も多かった。

戦争の極限状態を経験した私だ。凶悪な囚人など恐れるものではないと思った。私は肩に看守の階級章がついた真新しい制服に身を包み、腰には半分錆びた剣を提げた。まず最初は研修生として刑務官の仕事について学んだ。格好だけは一人前の看守に見えるので、休憩時間に監獄の中を見て歩くことにした。

初めて足を踏み入れる監獄。最初に目にした囚人は大きな編み笠を目深にかぶり、赤と青の縞の獄衣を着ていた。重い足取りで面会室に入って行く。顔を見ることはできなかったが、後ろ姿から何となく不気味な雰囲気が漂っていた。次に囚人たちの仕事場となっている工場に入った。そこでは千人以上の囚人たちが働いていたのだが、彼らの人相の悪さに息をのんだ。赤と青の不気味な獄衣の集団は「山賊」とも「海坊主」ともつかぬ風貌で、全員目つきは鋭く暗い光が宿っていた。ほとんどの者が体に刺青があり、中には目元や瞼にまで太くはっきりした刺青が入っている者もいる。

後に朝晩の裸検診や入浴時に見たのだが、囚人の九割以上が体全体に派手な刺青をしていた。種類も多種多様で、背中には般若の面、毒グモ、南無妙法蓮華経と書いた墓石、鯉の滝登り、牙をむき出した龍、女の「しゃれこうべ」などグロテスクなものばかり。体全体がまっ黒に見えるほどだった。陰茎の先端にまで二色や三色の刺青をしている者も大勢いた。

極道者の渡世に刺青は欠かせない、と囚人たちは異口同音に言っていたが、実際に刺青を目の当たりにして、他人に対する心理的な威圧力は相当だと実感した。

こんな凶悪な囚人たちを相手に仕事をするのかと思うと、戦争をくぐり抜けてきた私でも恐怖と後悔の念がわき上がってきた。

何で自分はこんな所に就職したのかと思いながら初任者研修を終え、とにかく一日でも早くこんな職場は退職しようと思いながら受刑者の矯正職員として網走で三年を過ごし、昭和二十五年五月に札幌刑務所に転勤させられた。この間、同じ職場で事務員として働いていた女性と結婚し、三人の男の子に恵まれた。

子どもたちは私の生き甲斐となった。戦争のない平和な世の中で、まっすぐに健やかに育ってほしいと願った。いい教育を受けさせるのなら札幌にいるのが一番と思い、転勤の内示を断って札幌で働いた。

獄中で

刑務所では実にさまざまな出来事があったが、刑務所内の出来事は現職中はもちろん、退職後といえども公にしてはいけないと国家公務員法に規定されている。しかし、この規定に反しない限りで出来事をひとつだけ書いてみたい。

四十五歳の春、私は網走刑務所警備隊長として網走に戻った。転勤を断って札幌に留まってきた私だったが、ついに断り切れなくなったのだ。私は再び凶悪犯うずまく網走刑務所に着任し、死と隣り合わせの勤務が再び始まった。刑務官という仕事は毎日毎日が命懸けであるが、特に網走刑務所のようなB級(改善困難)施設での勤務はとても難しく、そして厳しい。

着任早々のある日、ある工場の非常ベルが鳴り響いた。囚人たちが暴行でも起こしたかと、数名の部下とともに急いでその工場に駆けつけ、通用扉を開けた。

工場の床は、一面血の海になっていた。その中で二人の囚人がもみ合うようにしていた。一人の囚人が、一緒に働いていた別の囚人の頭を金槌で殴りつけたのだ。そして瀕死で倒れている相手に馬乗りになり、さらに殴打しようとしていた。

「近づくとブッ殺すぞ」と囚人は恐ろしい形相で怒鳴った。

このままでは相手の命が危ない。私は囚人に近づいていった。

彼は興奮のあまりぶるぶると震えながら
「来るな！　お前もこいつのようになりたいのか！」

と怒鳴った。

私は囚人の目をまっすぐに見つめながら、ゆっくりと近づいた。そして
「…望むところだ」

と一言発した。囚人は急にがっくりと肩を落としてその場にひれ伏し、素直

に金槌を差し出した。思いがけない展開にその場はシンと静まりかえった。

囚人は私の言葉にハッと我に返ったようだった。私は囚人の肩を抱きかかえるようにして

「少し休め」とたしなめた。

第二の人生

昭和五十六年四月、私は函館少年刑務所に教育課長として転任し、そこで定年の三年前に依願退職した。気づいたら三十八年間も刑務官として働いていた。十六の春に網走の高等小学校を卒業して以来、四十年の長きにわたって生死の境で生きてきた。そんな私に第二の人生が開けたのは、刑務官退職後に副園長

として務めた社会福祉法人常徳会興正学園時代になってのことだったかもしれない。ここへの就職は、退職後、無聊を囲っていた私を心配した長男の紹介によるものだった。

この施設は児童福祉法第四〇条に基づいている。

同法は、子どもたちの入所条件として、第一に親のない子ども、第二に登校拒否の子ども、第三に家庭から虐待を受けている子ども、この三つの条件が記されている。社会の暗部の縮図のようなところなのだ。

学園の創設者は、戦時中戦災孤児を引き取り、私財を使い果たし、挙げ句、子どもと一緒にリヤカーを引いて食糧を集めて歩いた方だそうだ。そんな御父上の薫陶を受けて成長されたのか、施設長の子どもたちに対する愛情や思いやりは尽きることがない。それでも「現在に至ってもまだまだ枕を高くして眠れない」と、神経がボロボロになるまでご活躍されているにも関わらず、まだ自分の心に厳しいムチをあてようとしているのには感激させられた。

私も施設長の補佐役として、少しでも安心させたい。そう思い、入所している不良じみた中学生たちと早く打ち解けようと努力した。

ところが、彼らが開口一番に口に出てくる言葉は決まって、

「てめぇとは話をしたくねぇ」

「てめぇの面なんか見たくねぇ」

の二つだった。子どもとして最も大事な成長期に、親の温かい愛情を十分に受けずに成長すると、情緒に安定感のない中学生に成長する。彼らも私と同じだと思った。親の愛情に飢えているのだ。

子どもと、どう接していいかわからず悩んでいると、施設長は
「当施設の職員にいつも言っていることだが、子どもの親と同じ気持ちになって接することです。まあ、これができないから私も苦労をしているのだが」と言う。

この言葉を聞いてから、子どもたちの乱暴な言葉遣いをたしなめる代わりに、

こんな話をするようになった。

「君の今の言葉、君の心の中に悔しさや悲しい気持ちがいっぱいあるから、そんな言葉が出たと思う。

ひとつだけ君に話しておきたいことがある。この私も小学校二年生のとき、かけがえのない母親に死なれてしまったのだ。それからは毎日のように泣きながら母親の名前を呼び続けたが、とうとう母親は自分の所には帰って来なかった。母親のいない家庭なんて、つまらんから死んだ方がましだ、と思って十六歳のときに志願して軍人になった。そして戦争に行き、十七歳のときに爆弾と鉄砲の弾が右腕に当たって、その場に倒れてしまった。

自分の右腕をこんな姿にした上官に対し、君が今この俺に向かって吐いたような言葉を吐きたかった。しかし当時、そんなことをしたらすぐその場で処刑されてしまう。私は血だらけになった右腕の激痛をじーっとこらえていた。そうすると最後はとてもやさしい神様に助けられたんだ」

徐々にではあるが、努力の兆しらしきものが見えてきた。

それまで食堂で、職員と子どもとの間にまったくと言っていいほど会話はなかったが、少しずつそんな会話ができ始め、そのうちに笑い声まで聞こえるようになってきた。さらに中学生が幼児室に入って幼児を「だっこ」して歩くようになり、それを真似して小学校の高学年の子も幼児を可愛がるようになった。


そんなある月の日曜日。朝九時頃、主任保母から電話が入った。

「これから暴力団が三人程、ここに談判しに来ると言っています。副園長、至急こちらに来てください」

三人のうち一人は精神分裂病だという。私はタクシーを飛ばして施設に駆けつけた。

施設に自分が到着するのと、三人組の暴力団が施設長室に押しかけてくるのがほぼ同時であった。

首領格の一人がポケットから録音テープを取り出し、主任保母との電話でのやりとりをボリュームをいっぱいにして流し、

「これは何だ！　馬鹿にしてるのか！」

などと、訳のわからないことを大声で怒鳴り散らしている。

騒然とした空気の中、廊下には子どもたちが全員集まっていた。皆不安な表情を浮かべて立ちすくんでいた。

「おう、おはよう」

と軽く声をかけると、一人の女子中学生が今にも泣きそうな顔で寄ってきた。

「先生、あの人たち誰？　これからどうなるの？…怖いよ」

「大丈夫、何も心配するな。お前たちの命は、先生が命に代えても絶対に守ってみせるから」

そう豪語して、園長室に入った。

中では暴力団三人が園長にすごんでいた。私は部屋に入るなり、一方的に

「俺は可愛い七十人の子どもと二十人の職員を守るために来た。俺にとってはここで死ぬことは最高の幸せだ。ぐずぐず文句を言わず早く俺の命を取って帰れ！　さもなければ俺の方から貴様らの命を頂戴するぞ！」

胸を張って脅してやると、彼らはあわてて逃げるように去って行った。心の中で「ざまあ見ろ！」と雄叫びした。

子どもたちが一斉に駆け寄ってきて、

「先生、ありがとう。本当にありがとう」

と口々にお礼を言いながら抱きついてきて涙を流した。

子どもたちとの間に太い心の絆が生まれたように感じ、目頭が熱くなったことを今でもよく覚えている。

これに勝る幸せはないと思った。

私は幼い頃に母を亡くし、父からの愛情も感じることなく幼少期を過ごした。

末っ子で人一倍甘えん坊だった私は、母以外には人一倍甘えるのが下手だった。母を失ってからは環境が激変し、親子関係に苦しんだこともあった。大人への不信感が大きくなり、反抗的な態度に駆り立てていったのだと思う。

成長するときになくてはならない「絶対的な親の愛情」を欠落させたまま育った私の心は堅く閉ざされた。軍人になるために家を出てからは、軍隊の不条理、戦争の極限状態、そして特攻隊の非情など、想像を絶する数多くの経験をし、非日常の極みで青春時代を過ごした。人生の道を見失いかけたことも数えきれない。

しかし、こんな状況の中私の支えになってくれたのは、記憶の中にある母の揺るぎない愛情だった。

興正学園の子どもたちは「絶対的な親の愛情」に飢え、大人を信じられず、心に傷を負っていた。そしてそれは大人への反抗となって現れた。この子たちの姿がかつての自分の姿と重なった。この子たちは私なのだ。私にできることはこの子たちの親に代わり、かつて母が私にしてくれたように限りない愛情を注ぐことだけだ。温かい愛情を受けることで人は人を信じ、人を愛せるようになる。そして、どんな境遇に陥っても負けないしっかりした心を育む。

苦しみに耐え、自分よりも家族を大切に想い、愛を注ぐのは母の生き様そのものだ。私の中に生きている母の想いを、次の世代に伝えていきたいと願ってやまない。私がこの世を去っても、母はこの子たちの中で生き続けていくことだろう。

執筆を終えて

私は十七歳のとき防府の旧海軍通信学校を卒業し、主に特攻隊の基地で陸上の通信兵として頑張ったが、戦後六十年を経過した今日になっても、特攻隊のことだけがどうしても記憶の中から薄れない。少しでも特攻隊の思い出を書いてから死にたいと思い、満七十七歳になってから、この本の執筆に取り組んだ。

七十七歳を過ぎてからということもあるのだろうか、一冊の本をまとめることがこんなにも大変なものだとは思わなかった。書きたいことはたくさんあるのだが考えはまとまらず、首や頭は痛くなり、目もしょぼしょぼしてくると、辛くてどうにもならなくなった。下手な文章を書くのはもうこの辺でやめよう、と筆を置くとまた書きたくなる。そんなことの繰り返しで気持ちは焦るばかりであった。靖国神社の神様になって威張っている特攻隊の方が羨ましい、と思ったこともあった。

執筆を終えるまでに、二回の手術を受けた。さらに尿道にガンらしきものが見つかり、毎日のように抗ガン薬を飲み、注射を打ちながら執筆した。その甲斐あってか、九月初旬の検診で、大きいガンがなくなったと医者から言われたときは、本当にありがたいと思った。原稿は十月の末日までに何とか整えて提出した。

その頃、総務府賞勲局から、十一月の初旬に授与される叙勲の候補に入ったとの連絡があった。叙勲を受けるか受けないか、返事が欲しいと言われたが、今更受けるのもどうかと思い、丁寧にお断りするつもりでいたら、女房が

「その勲章は特攻隊からのご褒美ではないのですか」

と言う。それなら断るわけにはいかないと思い、ありがたくお受けいたしますと返答した。

「あの勲章は、危険作業に従事して功績の大きかった方に与えられる勲章で、

誰もがそう簡単にもらえるものではない」

と知人から言われた。それならもらって当たり前だ。私は海軍にいたわずか二年の間に青春時代の全エネルギーを使い果たし、右腕一本を使いものにならなくなるほど負傷した。その後は国家の治安維持のため懸命に努力して今日を迎えたのだから、最高の勲章をもらえて当然だ、などと思っていた。しかし後になって「今回の勲章は、昭和二十三年の新憲法が施行された後の功績に対する叙勲で、新憲法が施行される前の功績についてはすべて終了されている」と賞勲局から聞かされたときは、あまりの阿呆らしさに二の句が継げなかった。日本は日支事変から太平洋戦争の集結まで、実に八年もの長い間戦争を続けた。この間の戦死者数や名前はわかっても、誰がどこでどんな危険作業をしたのか正確にわかる筈もない。新憲法施行前に、日本のために命がけで尽くした方々はどうなっているのだろう。

今さらぐずぐず文句を言っても仕方ないが、せめて特攻隊員として戦死された方に、行政は特別に叙勲する気はないものかと悔やまれてならなかった。

昔から「勝てば官軍。負ければ賊軍」と言われているが、敗戦したら、本来なら軍神と崇められる特攻隊をはじめ、日本古来からの軍神まで姿を消された。そして勝者の一方的な理屈で国のために命を捧げた方々が歴史から姿を消されてしまったように思う。この先、もし日本の国土を侵害されそうになったときに、自分の命を捨ててまでこの日本を守ろうとする人が果たして出てくるだろうか、と疑問に思えてならない。

靖国神社は、祖国日本を守るため尊い命を犠牲にした方々が祭られているというのに、時の総理大臣に
「総理、中国の国民感情を悪くするのに、靖国神社を参拝するとは何ごとだ」

などと偉そうな顔をして叫ぶ人がいる。そんな場面を見るにつけ、もし将来のある我が子が学徒出陣を強制され、特攻隊で戦死したとしたら、それでもあのような言葉を吐けるものか、といつも思う。

今の社会や国民は、特攻隊のことを志願して戦死した兵隊としか考えていない。それでは戦死された特攻隊の方々は浮ばれない。特攻隊なんて誰も志願したりしない。私の仲間には、死にたくて死んだ者など誰一人としていない。堂々と戦死を遂げたように見えても、たくさんの悩み、苦しみ、悲しみを抱えて、その気持ちを表面に出すことも許されず、尊い命を日本に捧げたのだ。できることなら、日本で一番眺めの良い所に綺麗な碑を造り、苦しみや悲しみから永遠に解放されて、心安らかに眠りについてもらいたい。

今の日本の平和と繁栄は、特攻隊の死の上にこそ築かれたものだ。この世に書き残すまでは死ねない、との思いで始めた拙書の執筆。本当に私に書けることは書ききったと確信して執筆を終らせていただきます。

平成十七年八月十五日

発刊によせて

本間　秀夫

　氏家さんとの出逢いは今から丁度十年前の平成六年になります。私はある障がい者関係団体の役員をしており、氏家さんがそこの事務局長に就任したのが始まりでした。そのとき、氏家さんは既に七十近い年齢でしたが、その行動や発言は実に若々しく

「俺の心はいつも中学三年生だから、本間くん、俺には何でも文句があったら遠慮なく言ってくれ」

　と言っていたものです。暇なときには戦争の話などをして

「おい本間くん、弾は肉に当たっても大した痛くはないが、骨に当たったらすこぶる痛い」

などと言っていました。自分が当たったこともないくせに何を言うかと思って聞いていましたが、氏家さんが戦争で被弾し、生涯にわたって不自由な体になるほどの負傷を負っていたと知ったのは、それから数カ月後のことでした。

終戦の翌年には早々と刑務官として就職、その後約四十年にわたり危険作業に従事されたそうですが、氏家さんの風格はそうした職業柄なのか、それとも先天的な素質なのか、いつも泰然と構えている姿は実に迫力があり、また頼もしくも感じたものでした。

また氏家さんの性格はまさしく豪放磊落。普段は何事も歯に衣着せずに「ズバリ」もの申す方ですが、あるとき、旧海軍の「同期の桜」を感極まったのか、流れる涙を素手で拭き拭き唄っていらっしゃいました。そんな繊細な一面を見たときは、私も思わず目頭が熱くなったことを覚えています。

そんな氏家さんも、七十四歳で心臓病を患い依願退職しましたが、その後も氏家さんとの親交の輪はますます大きくなっていきました。

氏家さんが七十七歳の喜寿を迎える少し前のことでした。

「ちょっと相談したいことがあるから俺の家に来てくれ」

という連絡を受けました。また体の調子が悪くなったのかと心配して家を訪ねると、氏家さんは私に
「俺は今年の三月で喜寿を迎えるが、その日を契機として壮烈果敢に死んでいった特攻隊の真実を書き残してからこの世を去りたいと思う。途中で俺に何かあったらよろしく頼む」

と言うのです。本を出版するなど無茶だから止めなさいと説得しますと、氏家さんは急に憮然とした形相で、

「君にも話しておくが、今の日本は特攻隊をはじめとした数多くの戦争犠牲者の上に、この平和と繁栄が築かれている。しかし今の国民はそんなことなど何ひとつわかっていないので、末恐ろしい予感がしてならない。だから今のうちにはっきりと日本国民にこのことを知らせて、この世を去るつもりなんだ」

と訴え続けるのです。一旦決意したことは絶対に妥協を許さない氏家さんの性格を知っていたので、説得する術もなく
「約束は守るから、十分体に気を付けて執筆を続けてください」

と、最後にしっかり懇願して氏の家を去りました。

その後、氏家さんは執筆中に何度も入退院を繰り返しながらも、出版社と約束した十月の末日には原稿用紙二五〇枚もの執筆を全部終え、同年十一月十二日には戦死された特攻隊連中からの「おみやげ」をもらって来ると、厳粛な宮中にて永年国家の危険業務に従事された功績を称えられた叙勲（瑞宝双光章）の栄に輝いたことは、氏家さんだからできたことで、実に天晴れの一言に尽きるものと思っています。

この本の出版にあたり、氏家光男さんの国を愛し人を尊ぶ精神に、心から敬意と尊敬の念を表します。（ほんま　ひでぉ・株式会社ヤマサ本間商店　代表取締役）

[著者略歴]

氏家　光男（うじいえ・みつお）

昭和2年3月22日、網走郡網走町嘉多山にて出生。昭和18年、海軍特年少兵第二期生として横須賀第2海兵団入団。昭和20年、鳥取県米子送信所にて終戦。任海軍二等兵曹。昭和21年、網走刑務所看守。昭和25年～46年、札幌刑務所にて看守長など歴任。昭和47年～51年、網走刑務所にて警備隊長、庶務課長歴任。昭和51年、札幌拘置支所庶務課長。昭和56年、函館少年刑務所教育課長。昭和59年、退官。昭和60年～平成5年、社会福祉法人常徳会興正学園副園長。平成6年～11年、社団法人札幌市知的障害者職親会事務局長。現在、医療法人さくら会理事。

16歳の戦場

網走、横須賀、台湾。海軍特年少兵の記録

発　行：平成十七年十月二十五日　初版第一刷発行
著　者：氏家　光男
発行所：共同文化社
〒060-0033　札幌市中央区北三条東五丁目五番地
ＴＥＬ：〇一一-二五一-八〇七八
http://www.iword.co.jp/kyodobunkasha
印　刷：株式会社アイワード
装幀・編集協力：エディアワークス
製　本：石田製本所

ISBN 4-87739-118-5 C0095